АННА АХМАТОВА

Голос памяти:
Стихотворения и поэмы

记忆的声音

阿赫玛托娃 诗选

汪剑钊 译

人民文学出版社

图书在版编目（CIP）数据

记忆的声音：阿赫玛托娃诗选/（俄罗斯）安娜·阿赫玛托娃著；汪剑钊译.—北京：人民文学出版社，2020
ISBN 978-7-02-016505-6

Ⅰ.①记… Ⅱ.①安… ②汪… Ⅲ.①诗集—俄罗斯—现代 Ⅳ.①I512.25

中国版本图书馆CIP数据核字(2020)第132159号

策划编辑　脚　印
责任编辑　王　蔚
装帧设计　陶　雷
责任印制　徐　冉

出版发行　人民文学出版社
社　　址　北京市朝内大街166号
邮政编码　100705
网　　址　http://www.rw-cn.com

印　　刷　三河市宏盛印务有限公司
经　　销　全国新华书店等

字　　数　230千字
开　　本　850毫米×1168毫米　1/32
印　　张　10.625　插页4
印　　数　1—5000
版　　次　2020年8月北京第1版
印　　次　2020年8月第1次印刷

书　　号　978-7-02-016505-6
定　　价　39.00元

如有印装质量问题，请与本社图书销售中心调换。电话:010-65233595

脚印工作室

目　录

译序：从"室内抒情"到《安魂曲》 | 001

我和你走在黑色深渊之上 | 001

我会爱 | 002

我向窗口的光线祈祷 | 004

灰眼睛的国王 | 005

他爱过 | 007

我的房间生活着一条美丽的蛇 | 008

欺骗 | 009

爱情 | 014

在皇村 | 015

有一个男孩正吹着风笛 | 018

在深色的面纱下 | 019

心底对太阳的记忆 | 020

心和心并没有锻铸在一起 | 021

房门半开半闭 | 022

最后相会的歌吟 | 023

你仿佛用一根麦秆啜饮我的灵魂 | 024

我再也不需要我的双足 | 025

蓝葡萄粒的气息多么甜蜜 | 026

黄昏的房间 | 027

花园 | 029

在新月下 | 030

我活着，像座钟里的布谷鸟 | 031

葬礼 | 032

短歌 | 034

我游手好闲，来到这里 | 035

在白夜 | 036

一棵老橡树在絮叨往事 | 037

致缪斯 | 038

丈夫用花纹皮带抽打了我 | 040

我来了，要取代你，姐姐 | 041

传送带上摆放过文具盒与书籍 | 043

在我乌黑的发辫中 | 044

我学会了简单、明智地生活 | 045

亲爱的，别把我的信揉成一团 | 046

我驯顺地沉浸于想象 | 047

黄昏 | 048

这里，我们全是酒鬼和荡妇 | 049

我见过冰雹之后的原野 | 050

我什么都不会说 | 051

你可知道 | 052

我们不再会共享同一只杯子 | 053

每一天都有新的焦虑 | 055

我不会经常回想起你 | 056

记忆的声音 | 057

一串细小的念珠挂在脖子上 | 058

代替理智的是经验 | 059

我来到诗人家里做客 | 060

白夜 | 061

遗嘱 | 062

因为我大力颂扬过罪愆 | 063

我不祈求你的爱情 | 064

白房子 | 066

客人 | 068

回答 | 070

离别 | 071

尘世的荣誉恰似云烟 | 072

在人们的亲近中存在隐秘的界限 | 073

梦 | 074

我们失去语言的清新和情感的质朴 | 076

上帝对刈麦者和园丁太过冷漠 | 077

就像未婚妻 | 078

须知简朴的生活总在某处 | 079

缪斯沿着山道离开了 | 080

晚夕的光开阔而金黄 | 081

我多少次诅咒过 | 082

我不知道你是生还是死 | 084

我看见 | 085

我依然梦见冈峦起伏的巴甫洛夫斯克 | 087

你为什么要如此佯装 | 088

你要活下去 | 089

就只剩下我独自一人 | 090

一切被夺走：力量，爱情 | 092

黑色的道路蜿蜒前伸 | 093

家中陡然变得十分安静 | 095

二十一日，夜，星期一 | 096

我俩无力就此绝情地分手 | 097

破晓时分醒来 | 098

一个声音向我传来 | 099

每一个昼夜 | 100

我听见黄鹂永远悲伤的啼啭 | 101

你谜样的爱情，仿佛一种疼痛 | 102

我向布谷鸟探询 | 103

倘若月亮并不缓行在天空 | 104

亲爱的旅人 | 105

一切被侵吞，一切被背叛，一切被出卖 | 107

恐惧 | 108

好歹得以成功地分手 | 110

让管风琴的声音重新响起 | 111

生铁铸就的栅栏 | 112

你预言，苦命人 | 113

当我尚未在围栏前倒下 | 114

我对亲人施予毁灭的咒语 | 115

诽谤 | 116

大门宽敞地打开 | 118

哭泣的秋天 | 119

皇村诗行 | 120

别热茨克 | 122

湖对岸的月亮静止不动 | 123

那些抛弃国土、任敌蹂躏的人 | 124

前所未有的秋天建造了高高的穹顶 | 125

这儿真美妙 | 126

天鹅的风四下吹拂 | 127

他对我耳语 | 128

缪斯 | 129

自童年就喜爱的那一座城市 | 130

最后的祝酒辞 | 132

有人传递脉脉含情的眼神 | 133

庆祝一下最后的周年纪念日 | 134

柳树 | 136

记忆的地下室 | 137

第三扎加采耶夫斯基胡同 | 139

落在列宁格勒的第一发远程炮弹 | 141

死亡之鸟伫立在天顶 | 142

小拳头一敲 | 143

NOX | 144

而你们，我最后一次应征的朋友 | 145

普希金 | 146

三个秋天 | 147

一九四四年一月二十七日 | 149

"永不遗忘的日期"又已临近 | 150

当月光像一片查尔朱的甜瓜 | 151

那一晚我们都因对方而疯狂 | 152

你，亚洲，祖国的祖国 | 154

诗三首 | 156

悼亡友 | 158

一枚狡猾的月亮 | 159

瓦砾 | 160

莫斯科郊外的道路令我着迷 | 163

致普希金城 | 164

这并不费解 | 166

你徒然在我脚下投掷 | 167

海滨十四行诗 | 169

请别妨碍我的生活 | 170

一年四季 | 172

片段 | 173

夏园 | 174

以青春诱惑 | 176

三月的哀歌 | 178

回声 | 180

悼诗人 | 181

故土 | 183

聆听歌唱 | 184

最后的玫瑰 | 185

书籍的出版 | 186

二十三年之后 | 188

离别是虚幻的 | 189

这个夏天令人如此愉快 | 190

诗人不是人 | 191

行遍大地路漫漫 | 192

Cinque | 200

北方哀歌 | 204

野蔷薇开花 | 217

子夜诗 | 234

安魂曲 | 243

没有主人公的叙事诗 | 262

修订后记 | 314

译序：从"室内抒情"到《安魂曲》

安娜·安德列耶夫娜·阿赫玛托娃是二十世纪世界诗歌史上少数堪称"大师级诗人"中的一个，享有"继萨福之后第二位伟大的抒情女诗人"之美誉，而她的作品则是"俄罗斯的伟大象征之一"。更有评论家断言，倘若说普希金是俄罗斯诗歌的太阳的话，那么，阿赫玛托娃就是俄罗斯诗歌的月亮。关于她的成就和地位，在弗·阿格诺索夫主编的《二十世纪俄罗斯文学》中，编写者有过一个比较中肯的评价：她"不仅在诗歌方面，而且在伦理方面成了自己时代的一面旗帜。她接受并分担了俄罗斯悲剧的命运，没有向'黑铁的时代'妥协，没有向道义上的压迫低头"。而被阿赫玛托娃本人誉为阿克梅主义"第一小提琴手"的大诗人曼杰什塔姆，则将她的创作与俄罗斯十九世纪的心理小说联系到了一起："阿赫玛托娃为俄罗斯的抒情诗带来俄国十九世纪长篇小说所有的错综复杂性和丰富的心理描写。……她参照心理小说，发展了自己诗歌的形式，尖锐而独特的形式。"上述评价不可谓不高，但阿赫玛托娃以其对诗歌的探索和贡献而言，确实当之无愧。

提及自己的履历，阿赫玛托娃在自传中这样写道："我于1889年6月11（新历23）日出生于敖德萨。我的父亲是一名退伍的海军工程师。我一岁时，全家迁居到北方——皇村。我在那里一直生活到十六岁。"她的童年在圣彼得堡近郊的皇村（现为普希金城）度过。1907年，到基辅学习法理学，后转入彼得堡大学语文系。阿赫玛托娃原姓高连科，由于父亲不愿意女儿从事文学活动，禁止她用"高连科"的姓氏发表作品。于是，她署上了母亲家族的姓（据说，她的母亲是鞑靼可汗阿赫玛特的后裔）。阿赫玛托娃的童年并没有留下什么美好的回忆，从她的自述文字中，我们知道，她没有什么玩具，没有善良的阿姨，也没有吓人的叔叔，甚至没有同龄的玩伴，因此，"对我而言，人的声音并不可爱，我能听懂的只有风的声音"。家里的书籍很少，仅有的诗集是一本涅克拉索夫的诗选。幸好她的母亲对诗歌尚有兴趣，偶尔还给孩子们朗诵一点涅克拉索夫和杰尔查文的诗歌，这成了她最初的文学启蒙。十岁时，阿赫玛托娃得了一场大病。令人诧异的是，就在那时，她开始了诗歌写作，此后，她一直觉得自己的诗歌道路与这场疾病有着某种神秘的联系。

1910年，阿赫玛托娃嫁给诗人古米廖夫。对这位内心充满冒险精神的新浪漫主义诗人而言，安娜是缪斯、普绪克、海洋女神、美人鱼、月亮女郎、夏娃、酋长的女儿。此后，几乎有整整十年时间，阿赫玛托娃在他的创作和生活中一直占据了最重要的位置。不过,两位天才诗人的日常生活并不像通常人们所以为的那样幸福和美满。他们各自强烈的个性往往会有意或无意地给对方造成伤害,在内心烙下深刻的创痕。这种婚姻受挫的情绪在她的早期抒情诗中已经初露端倪:

> 时而像蛇那样蜷缩一团,
> 在心灵深处施展巫术;
> 时而整天像一只鸽子,
> 在白色的窗前咕咕絮语。
>
> ……总是那么固执、那么诡秘地
> 挪走人的快乐,挪走安宁。

同年秋天,以古米廖夫和戈罗杰茨基为首的一批青年诗人创立了一个诗歌实验组织——"诗人车间"。不久,他们又挂出了"阿克梅主义"(该词源自希腊语,意为"高峰""顶点")的旗帜,主张诗歌的清晰性、客观性、形象性、原创性和阳刚性,注意诗歌语言的特殊性,强调诗歌的张力和韧性,以对抗当时占主流地位的象征主义诗歌的朦胧与暧昧的特点。在"阿克梅主义"的几位核心诗人中,阿赫玛托娃从来没有发表过什么宣言,只是默默地从事自己的诗歌写作,以丰硕的成果赢得圈内圈外人士的啧啧赞叹。

1912年，阿赫玛托娃的第一部诗集《黄昏》出版，获得了评论界良好的反应。两年后，她出版了第二部诗集《念珠》。这两部诗集为她赢来了最初的诗名，《念珠》更是在十月革命前重印了有十一次之多。正如很多批评家指出的那样，阿赫玛托娃早期诗作的基本主题是苦恋、忧愁、背叛、愤怒、悲哀、绝望等，因而具有明显的"室内抒情"特点，抒情主人公往往被放置在一个狭小的空间里，传达内心与周围世界的秘密接触和碰撞。她的诗歌语言简洁、准确，善于用具体的细节来表达抽象的情感，娴熟地在短短数行中描述一个戏剧性的场景。在《最后相会的歌吟》中，诗人这样写道：

> 胸口那么无助地冷却，
> 而我的脚步却那么踉跄。
> 我把左手的手套
> 戴在自己的右手上。

与很多描写失恋的诗歌不同，阿赫玛托娃并不使用夸张、比喻、渲染等手段，而是择取了一个小小的细节——戴错了手套，以此透露了抒情主人公内心的失衡，在行为的慌乱中凸现了后者的大悲哀。著名的形式主义理论家迪尼亚诺夫认为，她的诗歌对题材"并不在乎"，"使题材有意思的不是它本身，而是处理它并赋予它活力的某种语调角度，新的诗歌角度；这几乎就像一种耳语的句法，出人意外的家庭词汇是不可或缺的。她的室内风格，她生硬的家常语言是一种新现象；且诗句本身就在房间的各个角落来回走动……"另一位批评家维诺格拉多夫对此的评论则是，"诗人仿佛在镜子中观察内心状态的外在表现"。

1913年，彼得堡开设了一家专为流浪艺术家和诗人提供活动场所的酒吧——"野狗俱乐部"。阿赫玛托娃是这家酒吧的常客，她的不少诗歌都是在这里首先朗诵，然后广泛传播出去。她在一首诗中对此有所描述：

这里，我们全是酒鬼和荡妇，
我们在一起多么郁闷！
连壁画上的鲜花和小鸟
也在思念流动的彩云。……
啊，我的心多么忧伤！
莫非在等待死期的来临？
那个如今正在跳舞的女人，
她命中注定要下地狱。

上面最后两行献给演员苏杰伊金娜的诗句几乎像谶言似的预示着诗人自己今后的命运。二十年代以后，阿赫玛托娃开始进入了生活的低谷。首先是已经离异的丈夫古米廖夫被卷入一场莫须有的政治案件中，惨遭枪杀；随后，唯一的儿子列夫两次被捕，流放到古拉格群岛好多年。她本人，起初是因为诗歌中的阴郁、低沉的调子和"既没写劳动，也未写集体"而在文学界受到批评。更富于戏剧性的是，在1924年，格罗斯曼在莫斯科的一次诗歌朗诵会上将阿赫玛托娃与萨福相提并论以后，引起了当局对她的特殊关注。结果，她有将近十五年的时间，被非正式地禁止在公开刊物上发表作品。在这样的背景下，她开始转入普希金诗歌研究，同时从事诗歌的翻译工作。但苦难和厄运没有完全压倒诗人的创作冲动，反而玉成了她诗歌中最具精神深度的部分，帮助她最终走出了"室内抒情"的局限。从三十年代开始,在居无定所的状态下(直到1961年，她才在彼得堡附近的小镇柯马洛沃拥有了一间"自己的屋子")，她一直坚持着阅读、翻译和写作活动。

二十世纪的俄罗斯，曾经有过一个非常特殊的时期，诗歌或文学遭遇了外在的压力，受到了非文学的干扰和伤害。纯粹的文学写作不被承认为一种劳动，因此，作家也就成了所谓的"游手好闲者"遭到流放或被驱逐出境的命运。这方面,布罗茨基就是一个典型的例子。在这种情况下，作家和诗人们被迫做出了三种选择，其一是流亡，远离祖国，远离熟悉的母语，到异国他乡去寻找构想中的自由；其二是调整自己的心态，同时调整自己的文学观念，放弃既有的立场，以适应新的形势；其三是选择在公众场合下的沉默，退回到为自己的内心，为"无限的少数人"的写作中。

阿赫玛托娃大约可以划入上述第三种选择的作家群体。对此，诗人的密友、女作家楚科夫斯卡娅曾经在自己的著作《阿赫玛托娃札记》予以颇具说服力的证明。札记的作者以见证人的身份传达了一个同时代人的印象，记录了她美丽的个性，她出众的人格魅力，她的创造力的喷发和受挫，她的痛苦和欢乐，藉此复原了一个完整的女诗人形象，澄清了不少与事实背离的传说和揣测。例如：著名的俄侨文学研究专家司徒卢威曾经用统计数字证明自己的结论，认为二十年代末三十年代初是"阿赫玛托娃特别没有成果的时期"，她基本中止了诗歌写作。但楚科夫斯卡娅认为，司徒卢威的结论失之武断，因为他忘却了诗歌并不遵循"计划经济"的模式进行运转这一特点，对一个诗人而言，作品的出现只是他（她）灵感迸发的结果，而不是灵感的运行过程。其实，创作的开始远远早于作品的下笔时间，更不是作品的发表与出版时间。

须知，在那个时代，到处都存在着告密的恐怖，人与人之间的"信用"几乎降到了零点。谁若有事找人商量，便会面临"自掘坟墓"的危险，不仅牺牲自己，甚至还会搭上亲友的性命，于是，"死者沉默着，而活人就像死者一样沉默，否则他们就要冒着变成死者的危险"。在发表的渠道不畅的情况下，人们仿佛重新回到了荷马时代，以口口相传的方式来记诵诗歌，一首诗先写在某张小纸片上，然后，在一个小圈子里（有时甚至就只有两个人）把作品背熟，最后把它烧掉，力求不留下任何痕迹。阿赫玛托娃的一部分抒情诗，她的几部重要作品，诸如《安魂曲》《没有主人公的叙事诗》等，都是在那样一种地下状态中完成，并且通过心灵与心灵的沟通得以流传的。

作为俄罗斯诗歌的月亮，阿赫玛托娃堪称是俄罗斯的太阳普希金的知音。她在一首题为《普希金》的诗中如此吟唱：

> 有谁懂得什么是荣誉！
> 他为此付出了多大的代价，
> 是他的才能还是天赋，
> 睿智而调皮地调侃一切，
> 然后又神秘地沉默，
> 将大脚丫称作玉足？

"将大脚丫称作玉足"实际道出了诗歌创作的秘密，那就是对语言的敬重。与普希金一样，阿赫玛托娃也是为母语恪尽职责的一位守望者，同时，又是对它做出了创造性贡献的一位开拓者。她对俄罗斯的爱，对祖国历史的敬仰，都寄托在语言中，"无论她写什么，她从未背叛过'保守而又保守的'俄罗斯语言"。无疑，这与阿赫玛托娃对传统的理解有关，她认为，"如果一个人的灵魂不曾被当代诗歌所打动的话，那么，古典诗歌也不会引起他的共鸣。理解古典诗歌的道路是通过当代诗歌，通过'与我有关'而铺就的"，如果一个人不知道如何欣赏和喜欢勃洛克、马雅可夫斯基、帕斯捷尔纳克，自然也就欣赏不了普希金，更不知道如何以个人的方式来接受普希金。在她看来，现在的青年无法理解经典，他们已经丧失了俄罗斯经典，因为通向经典的道路只有一条，那就是经过现代诗，但他们找不到现代诗，所能读到的那些所谓的诗仅仅只是分行的文字而已。

经历现代，去把握古典，最终抵达永恒。阿赫玛托娃是这么想的，也是这么做的。阿赫玛托娃对普希金的理解不同于学究式的做法，她热爱普希金，但并不做旁征博引的考据，或是去皓首穷经地搜罗什么普希金的手稿，而是以相近的人生经历，从自己的内心走进普希金的内心，共同回忆他们精神深处长期承受的忧伤、痛苦和不幸。因此，她能够清晰地捕捉到后者尚未写出的诗境，踏入诗歌诞生前的那种"空寂"，追踪心灵运动的轨迹，完成前辈诗人未竟的事业。正是有着如此的见识，她的诗歌表现出了一种独特的"传统性"："既保持着古典诗歌的外形，又在诗歌内部进行着地震和转折。"这种非学院式的研究是大有裨益的，它进一步丰富了阿赫玛托娃本人创作中的经典性和优雅的品格。

卫国战争期间，阿赫玛托娃创作了一批具有相当高艺术水准的爱国主义诗篇,其中如《誓言》《勇气》《故土》和《悼亡友》等,在当时就成了鼓舞人心的名篇。可是,战后不久,阿赫玛托娃再一次遭遇了厄运。1946年,她与左琴柯一起成为"极端不公正和粗暴的非难"(特瓦尔朵夫斯基语)的牺牲品,受到了日丹诺夫的点名批判。这位当时掌管苏联意识形态的领导人认为,她的作品散发的是"时而是修女,时而是荡妇"(艾亨鲍姆对阿赫玛托娃作品抒情主人公的评语被用作了简陋的标签贴到了作者的额头。)的气息,被开除出苏联作协。发表她的作品的杂志《列宁格勒》和《星》分别被勒令停刊和整顿。

此后,阿赫玛托娃一直生活在郁悒和屈辱中。不过,她并没有因此而消沉下去,更不像另一位天才的女诗人茨维塔耶娃那样,选择自杀作为对不公正的命运的一种消极抗议。苦难给诗人的生活带来了常人难耐的创痛,却也刺激了她巨大的创造力。纵览阿赫玛托娃的整个创作,我们可以发现,这个时期乃至以后,她的写作便由早期恣意的抒情更多地转向了深刻的沉思。就篇幅而言,她的作品也逐渐减少以前那种灵感迸发式的单篇抒情诗的记录。诗人开始将主要精力投入到大型建筑式的构建上了,从而由自发的写作走进了自觉的写作,其最直接的成果就是那些出色的组诗和长诗。借助《安魂曲》《北方哀歌》《野蔷薇开花》《子夜诗》和《没有主人公的叙事诗》等作品,她本人也完成了一名优秀诗人向一名伟大诗人的蜕变。

组诗《安魂曲》是阿赫玛托娃的代表作之一，写于1935—1940年间，也就是令俄罗斯人不堪回首的大清洗时代，但直到1987年才得以全文发表在《十月》杂志上。《安魂曲》的主题是以个人的苦难来折射民族的灾难和不幸，在谴责刽子手的卑鄙和残暴的同时，歌颂了受难者的崇高与尊严。就阿赫玛托娃的整个创作生涯而言，它标志着一个重要的转折，诗人此前写作中的精致、纤细、典雅，仿佛脱胎换骨似的融入了粗犷、坚韧、沉着、有力的主导性声调之中，使作品既保持了细部的可感性，又摆脱了早期写作的纤巧与单薄而呈现出肃穆、庄重的风格。表面上看来，《安魂曲》的全篇似乎有点支离破碎，但这些破碎的片段共同合成了对一个悲剧时代的完整记录，诗人运用自己的天才用最平凡的词语竖起了一个沉甸甸的诗歌十字架。

早在二十年代，当人们还在关注阿赫玛托娃创作中那些"室内"元素时，她本人已经萌发了成为民族代言人的雄心。她在《缪斯》一诗中如是告白：

> 深夜，我期待着她的光临，
> 生命，仿佛只在千钧一发间维系。
> 面对这位手持短笛的贵宾，
> 荣誉、青春和自由都不值一提。
> 呵，她来了。掀开面纱，

>目不转睛地打量着我。
>
>我问道:"是你,向但丁口授了
>
>地狱的篇章?"她答道:"是我。"

从诗中,我们可以发现阿赫玛托娃意欲成为但丁式的人物,创造俄罗斯的《神曲》。而从作者以后的创作来看,诗人应该说是部分地做到了。她的《安魂曲》《北方哀歌》等,都属于来自"地狱"的篇章。其中,尤以《没有主人公的叙事诗》最具史诗的特征。这部长诗有着非凡的实验性和广阔的沉思域。在徐缓的语调中,诗人不时插入题辞、札记和回忆录,让它们散布在抒情的韵脚与节奏中,刻意把文学的艺术含量焊接在历史的现实脊骨上。它从1913年的鬼魂假面舞会开始叙述,一直延展到1942年德国法西斯对列宁格勒的围困,反思了世纪初的思想狂欢,分析了文明与暴力的关系,指出包括自己在内的同时代人也应该对世纪的悲剧承担的责任。这部作品充满了时代感和历史感,体现了一种"抒情的历史主义"风格。俄罗斯著名的文艺理论家日尔蒙斯基认为:"《没有主人公的叙事诗》实现了象征主义诗人的理想,完成了他们在理论上鼓吹,而在创作实践上未能做到的东西。"正是这种对史诗艺术的探索,辅之以纯抒情的天性,让阿赫玛托娃得以跻身于二十世纪世界诗歌最杰出的大师行列。

五十年代后期,阿赫玛托娃被恢复名誉,以前的诗集被允许重版,新的诗歌也可以在刊物上公开发表。1964年,她在意大利被授予"埃特纳·陶尔明诺"诗歌奖。次年,英国牛津大学授予她名誉博士学位。1966年3月5日,阿赫玛托娃因心肌梗塞突然去世。随后,遵照诗人的遗愿,她被埋在了彼得堡近郊的科马罗沃。这里,永远陪伴她的是松林的窸窸窣窣的絮语,不远处时不时地还会传来大海的涛声,仿佛是世界给予她的一个悠长的应和。

在新世界出版社出版的《阿赫玛托娃传》中,我曾有过如下表述:"在整个俄罗斯'白银时代'的诗人群中,撇开他们各自的诗歌成就不说,仅以性格与为人而言,相比茨维塔耶娃、曼杰什坦姆、吉皮乌斯等在性格上有一定偏执倾向的诗人,我个人比较偏爱阿赫玛托娃。这种喜爱一部分与她天才的创作有关,另一部分则来自我对她的生活的认识。她生活在一个精神分裂的时代,但保持了一种和谐的健康心态,历经苦难却从不丧失对生活的信心,面对诗歌与生活之间时而出现的两难困惑,总是依循情感和人性做出正确的选择。这一切都让我发自心底地钦佩和向往,并引为自己的生活和写作的标尺。"现在,我把它们转引在这里,以再一次印证我对她的崇敬。

或许,人类真的已经进入了黑铁时代,但白银的月亮依然散发着纯洁的光芒,慷慨地照耀我们充满倦意的内心,并神奇地将它们点化成诗歌——那精神的黄金!

我和你走在黑色深渊之上

致亚·费多罗夫[*]

我和你走在黑色深渊之上，

一道道闪电，不时地掠过。

那个黄昏，我找到了无价之宝，

在谜样的、飘忽的远方。

我们的爱情之歌是那样纯洁，

比月亮的光芒更加透明，

而黑色深渊，从梦中醒来，等待

在沉默中立誓的激情。

你温柔而忐忑地亲吻了我，

充满了光亮闪烁的梦想，

在深渊上空，风喧响着，呼啸……

被遗忘的坟墓之上的十字架，

更苍白地站立，恰似缄默的幽灵。

1904.7.24

[*] 亚·费多罗夫（1868—1949），俄罗斯诗人、剧作家和散文家。

我 会 爱

我会爱。

我会变得驯顺和温柔。

我会露出诱惑、迷人和暧昧的笑容,

望着你的眼睛。

我柔韧的身体如此轻盈又匀称,

发绺的芬芳令人陶醉。

哦,谁若和我一起,就被温存所笼罩,

他的灵魂就失去了平静。

我会爱。我有矫情的羞涩。

我如此温柔和胆怯,总是默不作声。

但是我的眼睛会说话。

  它们明亮而清澈,

  透明犹如光亮。

  它们预示着幸福。

  你若相信——却可能受骗,

  只是它们会变得

  更加湛蓝、温柔和澄明——

超越火焰的蓝光。

而在我的双唇间——是鲜红的温情。

我的声音——是蔚蓝水流的絮语。

我会爱。一个吻等着你。

1906

我向窗口的光线祈祷

我向窗口的光线祈祷,

它黯淡、纤细、率直。

今天,我从清晨就保持沉默,

而心——裂成了两半。

我的盥洗盆上

已泛起绿色的铜锈。

但光线还在上面嬉戏,

看起来快乐无比。

在黄昏的寂静中,

它如此纯洁与朴实,

而在这座空荡的豪宅,

对于我而言,它仿佛就是

金色的节日和一个慰藉。

1910

灰眼睛的国王

赞美你啊,绵绵不绝的痛苦!
昨天,灰眼睛的国王驾崩了。

秋天的黄昏多么窒闷,一片彤红,
我的丈夫回到家里,平静地说道:

"你得知道,有人从猎场把他运回,
在一棵老橡树底下发现他的尸体。

可怜的是王后。她还那么年轻!
仅仅一个夜晚,头发全部灰白。"

丈夫在壁炉上拿起自己的烟斗,
走出房间,去忙自己的工作。

我马上叫醒了熟睡的女儿,
我看到了一双灰色的眼睛。

而在窗外,白杨树窸窣作响:

"尘世间已不再有你的国王……"

1910

他 爱 过

他爱过尘世间三种物事：
黄昏的歌声，白色的孔雀
和磨损的美洲地图。
他不喜欢孩子的哭闹，
不喜欢加果酱的茶水
和女人的歇斯底里。
……而我，曾是他的妻子。

1910

我的房间生活着一条美丽的蛇

我的房间生活着一条美丽的蛇,
它外壳乌黑,动作缓慢;
就像我,如此慵懒,
如此冰凉,就像我。

黄昏,我傍着红色的炉火,
在地毯上编织神奇的童话,
但是,它却用一对碧绿的眼睛
神情漠然地望着我。

夜晚,垂死、沉默的形象
听到了哀怨的呻吟……
如果不是那一对蛇的眼睛,
我或许不会对另一个有期待。

唯有在清晨,温顺的我
消失,犹如一支纤细的蜡烛……
那时,一条黑色的带子
就从赤裸的肩膀上滑下去。

1910

欺 骗

1

这个早晨被春天的阳光迷醉,
在凉台上,玫瑰的芬芳愈加浓烈,
而天空比蓝色的陶瓷更为明净,
一册柔软的羊皮封面笔记本;
我阅读里面的哀歌与斯坦司*,
那是外祖母当年写下的作品。

我发现了通向大门的道路,台座
在绿宝石似的草皮上闪着白光。
哦,心儿爱得多么甜蜜、多么盲目!
缤纷的花坛令人心情欢畅,
漆黑的天空传来乌鸦的尖叫,
林荫道的深处,一道墓室的拱门。

1910.11.2 基辅

* 斯坦司,一种四行为一节的诗体。

2

灼热的风令人窒息，
太阳烘烤着双手，
我的头顶是天空的穹隆，
仿佛一道蓝色的玻璃。

在松散、零乱的沙滩上，
弥漫着干蜡菊的芳香。
在云杉多节疤的树干上，
有一条蚂蚁似的公路。

池塘慵懒地闪烁着银光，
生活轻松，犹如重生……
今天，我又会梦见谁，
在吊床色彩缤纷的网格中？

1910.1 基辅

3

蓝色的傍晚。风温驯地停息，
明亮的光召唤着我回家。
我猜想：谁呢？难道是未婚夫？
我的未婚夫来到了我的家？

在凉台上，一个熟悉的剪影，
依稀传来低声的交谈。
哦，如此迷人的倦怠，
直到现在我还不太明白。

白杨树发出不安的沙沙响，
温柔的幻梦造访了它们。
天空的颜色漆黑如同乌鸦，
星星黯淡，失去了光泽。

我举起一束白色的紫罗兰，
因为花中隐藏了火焰的秘密，
谁从我胆怯的手中拿走鲜花，
他就会触及我温暖的手掌。

1910.9 皇村

4

我写下这些个词语,
我曾经长久都不敢说出。
我的脑袋疼到了麻木,
身体也奇怪地僵硬。

远方的角笛声逐渐消失,
那些谜团还盘踞心间,
秋天飘起了稀薄的雪片,
落在小小的槌球场上。

最后的叶子发出簌簌的声响!
最后的思绪令人痛苦不堪!
我一点儿不想去打扰
那个已经习惯了快乐生活的人。

我原谅了那些可爱的嘴唇,
　尽管它们曾制造残酷的玩笑……
哦,明天你们会来探访我们,
踩着最早开辟的雪橇道。

蜡烛在客厅里被点燃,

白昼,它们的光亮更加温柔,

人们从恒温的暖房

带来了一大束鲜艳的玫瑰。

1910.8 皇村

爱 情

时而像蛇那样蜷缩一团，
在心灵深处施展巫术；
时而整天像一只鸽子，
在白色的窗前咕咕絮语。

时而在晶莹的寒霜里闪光，
恰似昏睡的紫罗兰之梦……
可总是那么准确、那么诡秘地
挪走人的快乐，挪走安宁。

在小提琴忧伤的祈祷中，
它善于如此甜蜜地恸哭，
但是，透过尚且陌生的笑容，
将它识破，真是过于恐怖。

1911

在 皇 村

1

一群小马被牵着走过林荫道,
整齐的鬃毛纷披犹如狭长的波浪。
一座魅人的城市,充满了谜语,
我爱上了你,无比地忧伤。

回忆多么奇怪:灵魂忧悒,
在弥留的呓语中感到窒息。
如今,我已变成了一个玩具,
就像我的朋友,玫红色的鹦鹉。

胸腔不再被痛苦预感所挤压,
可以瞅一下我的眼睛,如果你愿意。
我讨厌的不过是日落前的时辰,
来自海面的风和"滚开"这个词。

1911. 2. 22 皇村

2

……那里，有我大理石的同貌人，

翻倒在一棵苍老的槭树下，

它的面庞被付托给湖水，

聆听着一片绿色的簌簌声。

亮晶晶的雨水清洗着

它身上已经凝结的创伤……

且等一下，冰凉的白人儿，

我也即将变成大理石的塑像。

1911

3

黝黑的少年在林荫道上徘徊,

漫步湖畔,愁肠百结,

一个世纪了,我们还在怀念

那窸窸窣窣的脚步声。

刺人的松针绵密地

铺满低矮的树墩,

这里放过他的三角帽,

一卷破旧的帕尔尼*诗集。

1911

* 帕尔尼(1753—1814),法国诗人。

有一个男孩正吹着风笛

有一个男孩正吹着风笛,
有一个女孩正编织着花环,
森林中有两条交叉的小路,
远方田野有遥远的火星,——

我看到一切。我也记得一切,
温柔缱绻地珍藏在心底,
唯有一件事我从来不知晓,
甚至根本就不再记起。

我不祈求智慧,也不索求力量,
哦,只希望取暖在炉火旁!
我冷彻骨髓……有翼和无翼的,
快乐的神祇永不会将我造访。

1911

在深色的面纱下

在深色的面纱下,握紧双手……
"今天你为何如此憔悴?"
"那是因为,我用苦涩的忧愁
把他给灌得酩酊大醉。"

我怎能忘记?他踉跄着出门,
嘴唇痛苦地扭曲着……
我顾不得去扶靠护栏,
着急忙慌地追他到门口。

我气喘吁吁地喊道:"一切
只是玩笑。你再走,我就会死。"
他只是平静地一笑,冷冷地
对我说:"别在风口站立。"

1911

心底对太阳的记忆

心底对太阳的记忆逐渐黯淡。
草儿更加枯黄。
风翻卷起最初的雪片,
飒飒簌簌。

狭长的沟渠已经封冻——
不再流动。
这里什么都不再会发生,——
啊,不再发生。

一株柳树在空寂的天边铺展
透明的扇子。
或许会更好:倘若我并没有成为
您的妻子。

心底对太阳的记忆逐渐黯淡,
怎么回事?黑暗?
或许!……冬天呀,只消一个夜晚,
马上到来。

1911

心和心并没有锻铸在一起

心和心并没有锻铸在一起,
如果你愿意——你就可以离开。
在人生旅程中自由的人们,
可以获取的幸福无限。

我不会哭泣,也不会哀怨,
我注定不是幸福的女人。
不要来吻我,我已疲惫不堪,——
前来吻我的自有那死神。

白茫茫的冬天伴随着我,
熬过了多少艰难苦闷的岁月。
你远远好过我的意中人,
这是为什么,这是为什么?

1911

房门半开半闭

房门半开半闭,
弥漫着椴树的芬芳……
一根鞭子和一只手套
被遗忘在桌子上。

一圈黄色的灯光,
我聆听着声响簌簌。
你为什么离开?
我根本就不清楚……

到了明天早晨,
一切将变得快乐而明丽。
这样的生活多么美妙,
心灵,将变得睿智。

你已疲惫不堪。
心跳更微轻、更虚弱……
你知道,我已经领悟,
灵魂啊永远不朽。

1911.2.17 皇村

最后相会的歌吟

胸口那么无助地冷却,
而我的脚步却那么踉跄。
我把左手的手套
戴在自己的右手上。

仿佛感到台阶无数的多,
我分明记得它总共才三级!
秋天的低语透过槭树
发出乞求:"让我们一起死!

我受到了命运的欺骗,
它阴郁、凶恶,变幻莫测。"
我答道:"亲爱的!亲爱的!
我也如此,我愿和你一起死……"

这是最后相会的歌吟。
我望一眼黑漆漆的楼房,
只有那卧室里的一盏灯,
还冷漠地闪烁金黄的光芒。

1911

你仿佛用一根麦秆啜饮我的灵魂

你仿佛用一根麦秆啜饮我的灵魂。
我知道,这味道苦涩而又麻醉。
但是,即便哀求也无法解除我的酷刑。
哦,我的平静需要持续数周。

请告诉我,何时会结束。尘世
没有了我的灵魂,就再不会悲伤。
我的去程并不遥远,
瞅一眼孩子们如何玩耍。

醋栗在灌木丛中尽情开放,
篱墙之外,人们在搬运砖石。
你是谁:我的兄弟或者情人,
我不记得,我也不需要铭记。

这儿多么明朗,又多么荒凉,
疲惫的身体渴望休息……
而那些过路人不着边际地寻思:
或许,她就在昨天成了寡妻。

1911

我再也不需要我的双足

我再也不需要我的双足,
让它们变成鱼的尾巴!
我游泳,为凉意而感到愉悦,
远方的桥梁朦胧地发白。

我再也不需要柔顺的灵魂,
让它变成一缕烟,一缕轻烟,
它将变得温柔而蔚蓝,
在黑色的河岸上空盘旋。

你看,我潜水有多么深,
伸手抓起一把水藻,
我不会重复任何人的话语,
也不会沉醉于任何人的烦恼……

而你,我远方的人,难道
变得如此苍白、忧伤和沉默?
我听到什么?整整三个星期,
你都在低语:"可怜的人,为什么?"

1911

蓝葡萄粒的气息多么甜蜜

蓝葡萄粒的气息多么甜蜜……
沉醉的远方刺激着欲望。
你的声音低哑而郁悒,
我不再同情,不再同情任何人。

浆果之间布满了蜘蛛网,
柔韧的藤蔓依然纤细,
云朵漂游如同一块块浮冰,
在蓝色河流明亮的水底。

烈日当空。阳光一片灿烂,
走吧,去向波涛倾诉伤痛,
哦,或许它能给你答案,
说不定,还会给你一个亲吻。

1911

黄昏的房间

而今我讲述的那些词语，
只在灵魂中有过一次诞生。
蜜蜂绕着白菊花嗡嗡飞舞，
一只旧香囊散发着清芬。

这房间装设的窗户过于狭小，
但它却守护爱情，记载着往事，
在卧床的上方刻写着法语的题铭：
"Seigneur, ayez pitie de nous.*"

我的灵魂，别去触及，不要寻找
那些古老故事残留的痛苦痕迹……
我看见，塞夫勒**晶莹的瓷像
身上铿亮的斗篷正逐渐变得黯淡。

最后一道光亮，昏黄而沉重，
凝固了一束鲜艳的大丽菊，

* 法语：上帝，请您宽恕我们吧。
** 塞夫勒，法国城市，以盛产瓷器闻名。

仿佛在梦中,我听到维奥拉琴*声

和一架古钢琴稀世的和弦。

1911.1.21 皇村

---

* 维奥拉琴,十五至十八世纪流行于西欧的一种六弦琴。

花　园

这座冰雪遍布的花园，
全身铮亮，发出水晶似的脆响。
弃我而去的人满腹忧伤，
但没有回头路可走。

太阳苍白而阴郁的脸庞——
只是一扇圆形的大窗；
我暗自获悉，那个同貌者
早就依附在他的身上。

在此，灾难的预感
已将我的安谧永远夺走，
昨日遗留的各种痕迹
透过纤薄的冰层得以残留。

一张死气森然的脸庞
俯身垂向旷野沉默的梦境，
有几只掉队的白鹤
停止了它们尖厉的唳鸣。

1911　皇村

在新月下

在新月下，我亲爱的朋友
离开了我。竟然会这样！
他开玩笑地说："走钢丝的女人！
你如何能强挺到五月？"

我像对待兄长一样回答他，
我不嫉妒，也不抱怨，
但是，四件崭新的雨披
也弥补不了我的损失。

尽管我的旅程恐怖，充满凶险，
但是思念的路途更为恐怖……
我那把中国雨伞多么漂亮，
白粉将小鞋子擦得多么干净！

乐队正演奏欢快的曲子，
嘴角还挂着一丝笑容，
但心知道，心知道，
第五号包厢已经人去座空！

1911

我活着,像座钟里的布谷鸟

我活着,像座钟里的布谷鸟,

我不羡慕森林中的鸟儿。

上紧发条——我就咕咕叫。

你要知道,这种命运

我仅仅希望

仇敌才会拥有。

1911

葬 礼

我为坟墓寻找一个场地。
你是否知道,哪里更加明亮?
旷野如此寒冷。大海边的
一堆堆礁石,如此凄怆。

但她已经习惯宁静,
并且喜欢太阳的光线。
我准备在它上面盖一间小屋,
如同我们多年栖居的住宅。

在窗户之间开一扇小门,
我们在里面点燃一盏小灯,
仿佛一颗阴郁的心脏
却燃烧着红彤彤的火焰。

你知道,她病了,不断梦呓,
念叨着另一个世界,念叨天堂,
但修士却大声在呵斥:

"天堂不为你们、不为罪人开放。"

那时,她的脸色疼得苍白,
低声说道:"我要随你而去。"
于是,我俩如今获得了自由,
脚底是一片蔚蓝的拍岸浪。

1911.9.22

短 歌

在太阳升起的时候,
我放声歌唱爱情,
我双膝跪在菜园地里,
薅除一株株滨藜。

我连根拔起,再扔掉,——
但愿它们能原谅我,
我看见,一个赤足的女孩
正靠着篱笆痛哭。

尖厉的哭声极为凄惨,
让我感到惊恐不已,
枯蔫的滨藜依旧散发热气,
一阵比一阵更浓烈。

我获得了恶性的奖赏,
石块将面包代替。
我的头顶只有天空,
而你的声音与我在一起。

1911

我游手好闲,来到这里

我游手好闲,来到这里,
在何处忍受寂寞,反正一样!
磨坊在山坡上打盹,
这里可以常年沉默不响。

一只蜜蜂从容不迫地飞舞
在枯萎的菟丝草之上;
我在池塘旁呼唤美人鱼,
可美人鱼已经死亡。

宽阔的池塘已经干涸,
爬满了铁锈色的水藻;
一轮轻盈的月亮闪烁
在枝叶颤动的白杨树梢。

我发现一切都那么新奇,
白杨树散发着湿润的气息。
我沉默呀,沉默。大地!
我时刻准备重新变作你。

1911

在 白 夜

唉,我没有关上房门,
也没有点燃蜡烛,
你不知道我多么疲惫,
可我还不想上床睡觉。

我凝视着一丛丛针叶
在黄昏的薄冥中逐渐消失,
有一个声音令我陶醉,
它与你的声音那样相似。

我很清楚,一切都已失去,
生活——是可诅咒的地狱!
哦,我对此充满信心:
你一定会重返我的小屋。

1911

一棵老橡树在絮叨往事

一棵老橡树在絮叨往事。
月亮懒洋洋将光线抛射。
我从来不曾以幻想
来触及你双唇的芳泽。

浅紫的面纱裹紧苍白的额头。
你和我在一起。安静,病态。
手指冰凉,不住地颤抖,
令人想起你手掌的纤瘦。

我已沉默那么多沉重的岁月。
相会的尝试还不曾放弃。
很早我就已知道你的答案:
我爱,却不曾为人所爱。

1911

致 缪 斯

缪斯姐姐瞥了我一眼,
她的目光明亮而清澈。
她夺走了我的金戒,
春天的第一份礼物。

缪斯!你看,她们多幸福——
少女、妇人和寡妇……
我宁愿在漂泊中死去,
胜过在桎梏中苟活。

我知道:如果需要占卜,
就要摘一朵温柔的小雏菊。
在这大地上应该体验
每一种爱情的酷刑。

我在窗台上点亮了蜡烛,
直到天明,也不曾思念任何人,
我不寻思、不寻思、不寻思

人们怎样亲吻别的女人。

明天,镜子就会笑着告诉我:
"你的眼神不够明亮,不够清澈……"
我低声回答:"是她,夺走了
上帝给我的礼物。"

1911.10.11 皇村

丈夫用花纹皮带抽打了我

丈夫用花纹皮带抽打了我,
他把两端对折成一股。
为了你,在双扇打开的窗前,
我对着烛火坐了一整晚。

天光欲晓。一缕烟雾
在铁匠铺上空冉冉升起,
唉,你不能再度与我,
这个悲惨的囚徒待在一起。

我为你接受了阴郁的命运,
接受了苦难深重的命运,
或许你喜欢的是浅发的女人,
或者更亲近红发的女人?

脆响的呻吟,我怎能掩饰你们!
内心充满黑色、窒息的醉意,
纤细的光线落在了
没有一丝褶皱的床上。

1911

我来了，要取代你，姐姐

"我来了，要取代你，姐姐，
在高踔的林中篝火旁。

你的头发花白，视力
下降，泪眼蒙眬。

你不再记得鸟儿的歌声，
也不会发现闪电和星星。

早已听不见铃鼓的击打，
而我知道，你害怕寂静。"

"你来了，要将我埋葬。
你的铁锹和铲子在哪里？
你的手中只有长笛。
我不会责怪你，
我的嗓音早已停息，
难道还值得惋惜？

请你穿上我的衣裳,

忘掉我的担忧,

让风拨弄起鬈发。

你散发着丁香似的芬芳,

沿着险峻的道路走来,

为了变作被照亮的那一个。"

一个去了,给另一个

腾出、腾出位子。

踉踉跄跄,像一个瞎子,

走上一条陌生、狭窄的小路。

她仿佛看到了一切,附近

有火焰……手里握着铃鼓。

而她,恰似白色的旗帜,

而她,恰似灯塔的光芒。

1912

传送带上摆放过文具盒与书籍

传送带上摆放过文具盒与书籍。
我放学走在回家的路上。
这些椴树或许已经忘记
我们的约会,我快乐的男孩。
只是,要成为傲慢的天鹅,
灰色的丑小鸭应该有所变化。
而忧伤像一道不朽的光线,
落进我的生活,声音不够响亮。

1912

在我乌黑的发辫中

在我乌黑的发辫中
如何缠进了一绺银丝——
失声的夜莺,唯有你
能够懂得我的痛苦。

你灵敏的耳朵能听到远方,
在爆竹柳纤细的枝干上,
你蜷缩羽翅,张望着——
      而非呼吸着——
倘若响起了陌生的歌。

而就在不久以前,不久前,
白杨树的四周静寂无声,
你难以言说的愉悦
令人厌恶地歌唱了起来。

1912

我学会了简单、明智地生活

我学会了简单、明智地生活,
我学会仰望天空,向上帝祈祷,
在黄昏之前长时间地漫步,
为的是消解无谓的焦虑。

当牛蒡草在峡谷中窸窣作响,
一串红黄的花楸果压低了树枝,
我编制快乐的诗句,歌唱
易朽的生活,易朽而美丽的生活。

我回到家。毛茸茸的公猫
舔我的手掌,谄媚地喵喵叫,
在湖畔锯木厂的小塔楼上,
明亮的灯火开始闪耀。

只是偶尔会有鹳鸟飞上屋顶,
它的叫声打破一片寂静。
而倘若你来叩击我的房门,
我仿佛觉得,我甚至不会听见。

1912

亲爱的，别把我的信揉成一团

亲爱的，别把我的信揉成一团，
朋友，请你把它从头读到尾。
我已厌倦做你的陌生人，
在路上装得与你素不相识。

不要那样看我，别恼怒地皱眉，
我是你的所爱，你的心上人。
我不是牧羊女，不是公主，
更不是看破红尘的修女。

穿着一件日常的灰色长裙，
脚蹬后跟磨损的破鞋子……
但我的拥抱比以往更加热烈，
大眼睛还留有曾经的惊悸。

亲爱的，别把我的信揉成一团，
也不要为隐秘的谎言而哭泣，
还是请你把它放进寒碜的背囊，
将它塞进背囊的最底层。

1912

我驯顺地沉浸于想象

我驯顺地沉浸于想象
那灰色眼睛的映像。
我独居特维尔大街的时候,
总是痛苦地将你回想。

在涅瓦河的左岸,
成为一双妙手幸福的俘虏
我著名的同时代人,
一切如您所愿地发生。

你向我发布命令:够了,
过来,扼杀掉自己的爱情!
我就此日渐憔悴,我优柔寡断,
但血液却愈加感到烦闷。

而如果我死去,那么,
谁将为您续写我的诗篇,
谁又能将我未说出的词语
化成清脆悦耳的诗句?

1912

黄 昏

音乐在花园里响起来,
传递着难言的忧悒。
盘子里盛着冰冻的牡蛎,
散发大海新鲜刺鼻的气息。

他说:"我是你忠实的朋友!"
顺势将我的衣裙触摸。
这些个手指的动作,
一点都不像恋人的爱抚;

仿佛抚摸小猫或者小鸟,
仿佛打量健美的女骑士……
只是在淡淡的金色睫毛下,
平静的眼睛含有一丝笑意。

而透过四处蔓延的烟雾,
小提琴在凄楚地哀唱:
"你第一次与情人幽会——
应该衷心感谢上苍。"

1913

这里，我们全是酒鬼和荡妇

这里，我们全是酒鬼和荡妇，
我们在一起多么郁闷！
连壁画上的鲜花和小鸟
也在思念流动的彩云。

你抽着一管黑色的烟斗，
缭绕的烟雾那样神奇。
我穿着狭窄的衬裙，
让身材显得更加俏丽。

几扇小窗永远被钉死，
担心雾凇，抑或是雷电？
你那机敏的眼睛
如同一对警惕的猫眼。

啊，我的心多么忧伤！
莫非在等待死期的来临？
那个如今正在跳舞的女人，
她命中注定要下地狱。

1913

我见过冰雹之后的原野

我见过冰雹之后的原野
和感染了鼠疫的畜群,
我见过葡萄一串又一串,
当秋寒袭来的时辰。

我还记得,静夜里
草原上的烈火,如幻如梦……
但我觉得恐怖的是,你
受尽煎熬的灵魂被洗劫一空。

乞丐众多。那就成为一名乞丐吧——
睁开你无泪可流的双眼。
让它们呆滞的绿松石微光
来照亮我的住处。

1913

我什么都不会说

我什么都不会说,什么都不会泄露。
我只会俯下身子向窗外默默张望。
有一次,我被人带上了诵经台,
我不知与谁在一起,但记得是很久以前。

从窗口,我可以看见红色的烟囱,
而在烟囱之上是一缕轻烟袅袅。
但我闭上了眼睛。一对温柔的嘴唇
轻轻触碰了我的睫毛。

不是幻梦,那热恋之惊惶的安慰者,
也不是微风安静的致意……
这是受伤者紧张地注视着灵魂,
那伤口犹如从前,如此鲜丽。

1913

你可知道

你可知道，我因不自由而痛苦，
祈求上帝让我去死，
但特维尔贫瘠的土地
依然留给我刻骨铭心的记忆。

一根废弃老井的取水吊杆，
杆顶的云彩如同沸腾的白沫，
田野上立着嘎吱响的大门，
弥漫面包的香味和愁绪。

还有那些景色黯淡的旷野，
甚至风也只能发出低弱的声音，
肤色黝黑的村妇外表平静，
露出饱含指斥的眼神。

1913

我们不再会共享同一只杯子

我们不再会共享同一只杯子，
不再用它喝水，畅饮甘甜的美酒，
我们不再会接吻在清晨时分，
也不会在黄昏一起欣赏窗外的风景。
你呼吸着阳光，我呼吸着月辉，
但我们仍然为同一种爱情而生存。

我忠诚、温柔的男友常伴我左右，
你快乐的女友也和你形影不离。
但是，我懂得你灰眼睛的惊惶，
你是我一切痛苦的罪魁祸首。
但我们并不增加短暂相会的频率，
如此，我们才珍惜自己的平静。

只要你的声音在我的诗行响起，
我的气息在你的诗行弥漫。
哦，有一种篝火，它不会
触及遗忘，也不会引发惊悸。

倘若你能够知道，此刻，你

干燥的红唇令我多么心仪。

         1913

每一天都有新的焦虑

每一天都有新的焦虑,
黑麦散发愈加浓郁的麦香。
倘若你被放置在我的脚跟,
可人儿,你就安静躺着。

黄鹂在宽广的槭树丛鸣叫,
直到深夜也不能消停。
我乐意驱赶快乐的黄蜂,
不让它们骚扰你绿色的眼睛。

铃铛在路上清脆地响起来——
我们永不会忘却这轻快的声音。
希望你不再哭泣,我为你
唱起一支离别的黄昏之歌。

1913

我不会经常回想起你

我不会经常回想起你,
也不曾为你的命运所着迷,
但无法从灵魂深处抹去
与你微不足道的一次相会。

我有意绕过你的红房子,
那在浑浊河流旁边的红房子,
但我知道,我会痛苦地
扰乱你被阳光照彻的静谧。

但愿不是你,俯身来贴近
我的嘴唇,祈求着爱情,
但愿不是你,写下金色诗行
让我的痛苦获得永恒。

我对未来施展秘密的魔法,
倘若黄昏是纯粹的蔚蓝,
我预感还会有第二次相会,
我和你不可逃避的相会。

1913

记忆的声音

致奥·亚·格列波娃-苏杰伊金娜[*]

你呆滞地望着墙壁,看见了什么,
在这晚霞布满天空的时节?

莫非看见了掠过蓝色水面的海鸥,
或者看见了佛罗伦萨的花园?

或者是皇村宏伟的公园,
那里,不安阻住了你的去路?

或者看见跪在你膝下的那个人,
他为了白色死亡而拒斥你的魅力?

不,我看见的只是墙壁——墙壁上,
倒映着天空逐渐消散的光芒。

1913

[*] 奥·亚·格列波娃-苏杰伊金娜(1885—1945),二十世纪初俄罗斯著名的演员、诗人、画家。

一串细小的念珠挂在脖子上

一串细小的念珠挂在脖子上,
双手藏在宽大的袖笼中,
眼睛心不在焉地随意张望,
它们再不会有眼泪流出。

由于这件淡紫色的绸衣,
我的脸颊显得更加苍白,
我那不曾烫卷的刘海
向下耷拉,几乎垂到眉毛。

这种缓慢的步伐,
一点儿也不像飞行,
仿佛脚底踩着木筏子,
并非方形的木地板。

黯淡的嘴唇微微张开,
不均匀的呼吸如此困难,
未能发生的约会之花
在我的胸口轻轻打颤。

1913

代替理智的是经验

致瓦·斯列兹涅夫斯卡娅 *

代替理智的是经验——是无味的
解不了渴的饮料。
而逝去的青春——仿佛礼拜天的祈祷……
我又如何能将它忘掉?

与那些我没有亲近感的人一起,
走过那么多荒芜的路径,
我在教堂弯身鞠过那么多次躬,
只为那个曾经热恋我的人。

我成了一切健忘者中最健忘的人,
岁月悄悄地漂流。
那未曾亲吻的嘴唇,不曾微笑的眼睛,
从此再也不能向我归还。

1913

* 瓦·斯列兹涅夫斯卡娅(1888—1964),阿赫玛托娃自童年起一直保持着密切联系的女友,撰有关于阿赫玛托娃和古米廖夫的传记《丹弗尼斯与赫洛娅》。

我来到诗人家里做客

我来到诗人家里做客。
恰好是正午,星期天。
宽敞的屋子十分安静,
而窗外是彻骨的寒冷,

蓬松的瓦灰色烟雾之上,
一轮殷红的太阳……
沉默寡言的主人,
目光炯炯地把我端详!

他有一双怎样的眼睛啊,
让人永远无法忘怀,
我呀,最好还是小心点,
根本不要去看它们。

可是,谈话却铭感于心,
雾蒙蒙的正午,星期天,
在高耸的灰房子里,
濒临涅瓦河的出海口。

1914

白　夜

天空呈现一片恐怖的白，
而大地如同煤炭和花岗岩。
在这枚枯瘦的月亮之下，
已经没有什么在发光。

女性的声音，沙哑而激昂，
简直不是歌唱——而是在喊，叫嚷。
我的上空不远是黑色的杨树，
没有一片树叶在窸窣作响。

莫非我是为此才亲吻你，
莫非为此爱着你，痛苦不已，
为的是如今我怀着一腔厌恶
平静而疲惫地回忆你？

1914

遗　嘱

你要做我全权接受的继承人,
在我屋里生活,唱我编制的歌曲。
力量还在如此缓慢地减弱,
痛苦的心胸如此需要新鲜的空气。

朋友的热爱,敌人的憎恨,
我茂密花园黄色的玫瑰,
恋人灼热的柔情——所有这一切
我都赠予你——黎明的先驱。

还有荣誉,我为此而生的荣誉,
我的星星为此而像一股旋风盘旋上升,
而今降落。看哪,它的降落
预言了你的统治、爱情和灵感。

珍藏我那些慷慨的遗产,
你要长久而有尊严地活下去。
一切都会如此。你瞧,我很平静。
你将会幸福,但你须记住我。

1914

因为我大力颂扬过罪愆

因为我大力颂扬过罪愆，
我尽情地赞美过叛徒，
我便从夜晚的天空
谪落到这枯旱的旷野。

我起身。就这么走进了
别人的屋子，当成自己的，
我从七月的旷野带来
苦涩而凶险的倦怠。

我成为孩子的母亲，
一位歌者的妻子。
但山风打着嘶哑的唿哨
对我愤怒地紧追不舍。

1914

我不祈求你的爱情

我不祈求你的爱情。

如今它身处可靠之地。

请相信,我不会再给你的

未婚妻写去嫉妒的信件。

但请接受明智的建议:

让她读一读我的诗歌,

让她保存我的肖像,

须知,未婚夫们多么可爱!

而这些傻瓜更需要的是

关于胜利完全的意识,

超过友谊开心的座谈

和对最初的温情之回忆……

当你与亲爱的女友同居,

享用着幸福的铜子儿,

而对于腻味的灵魂来说,

一切很快将变得可厌——

请不要走进我庄严的

夜晚。我不认识你。

我能帮你什么忙?

幸福的疾病我无法疗治。

1914

白 房 子

寒冷的太阳。士兵们
在阅兵式齐步、齐步走过,
我喜欢这一月的正午,
我的不安得以缓解。

我记得这里的每一根树枝,
它的每一个投影。
深红的光透过薄霜的
白色网格滴落下来。

这里的房子几乎全是白色,
玻璃制造的台阶。
多少次我抬起僵硬的手
叩击叮当响的门环。

多少次……士兵们,玩耍吧,
而我找到了自己的屋子,
借助缓斜的屋顶,借助

永生的常春藤,我辨认出这房子。

可是,是谁将它悄悄挪移,
带到了陌生的城市,
或者从记忆中抽出一条道路
永远通向那一个地方……

远处的牧笛归于沉寂,
雪花飞舞,恰似樱桃的花瓣……
哦,显然,没有人知道,
白色的建筑已经不再存在。

1914

客　人

一切宛如从前：暴风雪
飘起的碎屑击打餐厅的窗户，
我自己尚未变成新人，
就有一个人走到我的跟前。

我问道："你想要干什么？"
他说："与你一起同坠地狱。"
我笑了起来："看来，你
在预言我俩未来的不幸。"

但是，他抬起一只枯瘦的手，
轻轻地触碰一下鲜花：
"请告诉我，别人怎样吻你，
告诉我，你又怎样把别人亲吻。"

一对浑浊无神的眼睛
凝视着我手上的那只戒指。
那张乐观、凶煞的脸庞

连肌肉都不曾有一丝耸动。

哦，我明白，他的乐趣——
就是迫不及待地了解
那些他根本不需要的东西，
我也没必要拒绝的事物。

1914

回　答

致弗·洛辛斯基

四月宁谧的日子

给我带来如此奇特的话语。

你知道，我的体内

还存活着那一周恐怖的激情。

我没听到铿锵的声响，

它们泅浮在纯净的蓝天。

这七天时而发出铜质的笑声，

时而又流淌白银的哭泣。

而我，双手捂住了面孔，

仿佛面对永远的离别，

躺下去，将它等待，

不曾被痛苦所命名的事物。

1914

离 别

我面前有一条倾斜的路,

暮色将它笼罩。

就在昨天,心上人

还在说:"不要将我忘掉。"

而今只有风

以及牧羊人的叫声,

清澈的山泉旁

那些焦躁不安的雪松。

1914

尘世的荣誉恰似云烟

尘世的荣誉恰似云烟,
我并不祈求这一点。
我把这份幸福带给
我所有的情人。
有一个现在还活着,
正热恋着自己的女友,
另一个已成青铜塑像,
伫立在白雪皑皑的广场。

1914

在人们的亲近中存在隐秘的界限

致尼·弗·涅*

在人们的亲近中存在隐秘的界限，
爱慕和激情也不能将它跨越，——
哪怕嘴唇在不安的寂静里相互融合，
哪怕心灵由于爱情而一片片碎裂。

友谊在此软弱无力，崇高
与炽热的幸福岁月也是如此，
灵魂是自由的，不懂得
情欲那迟缓的慵懒。

她的追求者丧失理智，但是，
那些占有她的人却因此苦恼不已……
如今，你该明白，为什么
我的心脏不在你的手掌下颤栗。

1915.3.2 彼得堡

* 即尼古拉·弗拉基米罗维奇·涅多勃罗沃（1882—1919），诗人、批评家。阿赫玛托娃的挚友

梦

我知道,你梦见了我,
所以,我就无法入睡。
朦胧的路灯闪着蓝光,
一条道路引领着我。

你梦见了女皇的花园,
看到了奇妙的白色宫殿,
围墙上的黑色花纹,
紧贴着厚重的石台阶。

你不知方向地前行,
心想:"快点,快点,
哦,只要能找到她,
可别在与她会面之前醒来。"

守卫在红色大门前的卫兵,
对你一声呵斥:"去哪里?"
冰层吱嘎吱嘎响,陡然碎裂,

脚下是一片黑魆魆的流水。

"就是这片湖,"你暗想道,
"湖里还有一座小岛……"
突然,在一片黑暗中,
你看到一点蓝色的火焰。

在吝啬的白昼,在残忍的光亮里,
你呻吟着醒了过来,
于是,生平第一次,
你大声呼唤着我的名字。

1915.3.15 皇村

我们失去语言的清新和情感的质朴

我们失去语言的清新和情感的质朴,
便如同画家丧失了他的视力,
或者如同演员丧失了嗓音和动作,
如同美人丢失了她的美丽?!

不过,也无须竭力为自己储存
那一份上苍赐予的礼物:
我们自己应该明白——它注定
不是被积累,而是要被挥霍。

你应该独自前行,疗治盲人,
为的是在充满疑惑的沉重时辰,
辨认出中学生的幸灾乐祸
和普通百姓的冷漠无情。

1915

上帝对刈麦者和园丁太过冷漠

上帝对刈麦者和园丁太过冷漠。
斜飘的雨滴脆响着落下来，
先前倒映着天空的水面
因为宽大的雨披而色彩缤纷。

水下王国也有草坪和庄稼地，
而自由的水流在歌唱，歌唱，
在肿胀的枝头，李子即将绽裂，
伏倒的青草正在腐烂。

透过被雨水浸泡、密实的栅栏，
我看见你那张亲切的脸庞，
沉寂的公园，中国式的小亭子，
从屋子伸出的圆形台阶。

1915

就像未婚妻

就像未婚妻,每个黄昏
我都会收到一封信,
我给自己的朋友写回复,
一直到半夜三更。

"穿越茫茫黑夜路,
我到死神那里做客。
心爱的人,请别
在世间对任何人作恶。"

一颗巨大的星星,
在两根树干的中间,
那样平静地答应
去实现那些个梦想。

1915

须知简朴的生活总在某处

须知简朴的生活总在某处,
还有透明、温暖和快乐的光……
那里,姑娘隔着篱墙与邻居
在暮色中交谈,唯有蜜蜂
听到其中最温柔的情语。

而我们庄严而艰难地生活,
尊重我们痛苦会晤的那些礼仪,
当一阵冒失的风吹起,
几乎打断才开始的话语,——

但不论用什么,我们都不会交换
这座荣誉和灾难并存的花岗岩之城,
它宽广的河流漂着晶莹的寒冰,
黑黢黢、不眠的花园,
还有隐约可闻的缪斯的歌声。

1915

缪斯沿着山道离开了

缪斯沿着山道离开了,
那是秋天狭窄、陡峭的小路,
她黝黑的脚踝上
溅满了大颗大颗的露珠。

我久久地央求她,
和我一起等待冬天。
她却说道:"须知,这儿是坟墓,
你怎么能够自由地呼吸?"

我希望送她一只鸽子,
鸽群中最洁白的那一只,
但鸟儿自己飞起来,
追随我那美丽的客人。

我默默望着她的背影,
我仅仅爱她一个,
而天空浮现一片霞光,
仿佛通向她的王国的大门。

1915

晚夕的光开阔而金黄

晚夕的光开阔而金黄，
四月的清凉多么温柔，
你已迟到了那么多年，
但我见到你，依然高兴。

请你靠近我，坐在身边，
用一双快乐的眼睛端详：
哦，这个蓝色的笔记本，
写满了我孩提时的诗作。

请原谅，我的生活曾经不幸，
很少能为阳光感到快乐，
请原谅，原谅啊，为了你，
我承受的东西实在太多。

1915. 春 皇村

我多少次诅咒过

我多少次诅咒过

这片天空,这方土地,

这间长满了青苔的磨坊,

它摆动着沉重的手臂!

死者停放在侧屋里,

僵硬,头发灰白,躺在板铺上,

跟三年前一样。

老鼠还在啃噬书本,

硬脂制作的蜡烛

还在让火焰向左倾斜。

下城那口令人讨厌的钟

还在那里哼唱,哼唱

一支旋律单调的歌,

讲述着我苦涩的快乐。

而那些五颜六色的大丽菊

骤然绚烂地开放,

沿着那条银白的小路,

那里生活着蜗牛与艾蒿。

事情就是这样：囚禁之地

变成了我的第二故乡，

但对第一个故乡，即便祈祷

我也不敢去回想。

1915.7 斯列普涅沃

我不知道你是生还是死

我不知道你是生还是死，——
在地球上是否还能把你寻找，
或者只能伴随黄昏的沉思
点燃蜡烛将亡魂追悼。

一切因你而在：白昼的祈祷，
失眠时分慵懒的暑热，
我诗歌放飞的白色群鸟，
我眸子蓝色的烈火。

不再有人是我内心的秘密，
也不再有人能令我揪心，
哪怕曾给予了痛苦的人，
哪怕曾爱抚我并忘掉我的人。

1915. 夏

我 看 见

我看见，我看见月亮的弓
透过茂密的爆竹柳叶丛，
我听见，我听见尚未钉掌的
马蹄均匀的踢踏声。

什么？你也不想睡，
一年之中不能忘记我，
你已经不习惯
空荡荡躺在自己的床上。

难道我不是在和你说，
用猛禽尖厉的叫声，
难道我不是看着你的眼睛，
从黯淡、苍白的书页。

在安静的住宅旁边，
你为何转悠，像一个小偷？
或者你还记得约定，

等待那个活泼的我?

我入睡。月亮向着
窒闷的黑暗投进了锋刃。
又响起叩击声。我温暖的心
如此剧烈地跳动。

        1915

我依然梦见冈峦起伏的巴甫洛夫斯克

我依然梦见冈峦起伏的巴甫洛夫斯克,
圆形的草坪,寂然不动的死水,
它极为慵懒,树荫极为繁密,
要知道,我任何时候都无法忘却。

当你驱车进入生铁铸制的大门,
一种惬意的颤栗会在你的身体掠过,
你不再是活着,而是欣喜和开始梦游,
或者说完全按照另一种方式活着。

晚秋时节,清新而刺骨的风
在徘徊,并且兴奋于杳无人迹。
黑色的云杉蒙上一层雪白的秋霜,
在有些融冻的积雪中屹立。

并且,为火热的呓语所充盈,
如歌似的响起亲爱的声音,
而在演奏基萨拉琴*的乐手肩膀上,
有一只红胸脯的小鸟栖停。

* 基萨拉琴,古希腊的一种乐器。

1915

你为什么要如此佯装

你为什么要如此佯装,
时而风,时而石头,时而鸟?
你为什么要变成染血的
闪电,从天空向我微笑?

再不要折磨我,不要触痛我!
任凭我为不祥的事情烦恼……
醉醺醺的火焰左右摇摆,
在干涸的灰色沼泽地。

缪斯蒙着一条破旧的头巾,
拖长声音忧伤地歌唱。
在残酷和青春的悒郁之中,
存在着她的创造力。

1915

你要活下去

你要活下去,不计前嫌,
处理事务,做出评骘,
与娴静的女友一起
抚养自己的儿子。

你的一切都顺心如意,
获得诸般荣誉,
你也不必知道,我因为哭泣,
已丧失计算日子的能力。

有不少我们这样无家可归的人,
我们的力量恰恰在这里:
对于盲目而阴郁的我们而言,
上帝的屋子灯火通明。

对于委身命运的我们而言,
祭坛的火在燃烧,
我们虔诚的声音
正朝着上帝的宝座飞翔。

1915

就只剩下我独自一人

就只剩下我独自一人
计算着空洞的日子。
哦,我那些自由的朋友,
哦,我的天鹅们!

我不再用歌声呼唤你们,
不再用泪水劝返,
但在黄昏忧伤的时刻,
我为你们祈祷平安。

死亡的利箭紧追不舍,
你们中的一个已经倒下。
另一个成了黑色的乌鸦,
并且还来亲吻我。

但这样的事情一年仅一次,
等到冰雪消融的时候,
在叶卡捷琳娜花园里,

我就站在清澈的池水边,

聆听宽大翅膀的拍击声,
它们在蓝色之上荡漾,
我不知道,在坟墓似的监狱,
谁在那里推开一扇小窗。

1916

一切被夺走：力量，爱情

一切被夺走：力量，爱情。
在可厌的城市里，太阳不喜欢
被抛弃的身体。我觉得，体内的
血液已经完全变得冰冷。

我不了解快乐缪斯的性情：
她瞅了一眼，却默不出声，
神情疲惫，戴着深色花冠的
脑袋，低垂到我的前胸。

只有良心变得愈益恐怖地
疯狂：期盼伟大的奉献。
我捂住脸，我回答她……
但不再有泪水，不再有辩解。

1916

黑色的道路蜿蜒前伸

黑色的道路蜿蜒前伸,

下着濛濛细雨,

有人请求

护送我一下。

我同意,但忘记

瞧他一眼,

然后,回忆起

这条道路就如此奇怪。

烟雾缭绕,仿佛手提香炉

冒出一缕缕祭香。

旅伴以小调直接刺痛了

我的心。

我记得古老的大门

和路的尽头——

与我同行的某人

对我说道:"请原谅……"

像一个亲兄弟似的

将铜十字架递到我手上……

而我到处都听到

草原小调的声音。

啊,我在家犹如流落在外——

我哭泣和伤心。

给我一个回应吧,陌生人,

我正在寻找你!

1916

家中陡然变得十分安静

家中陡然变得十分安静,
最后一朵罂粟花也已凋落,
我在长久的昏睡中日益麻木,
时常遭遇早年的黑暗。

大门紧紧地关闭,
黄昏幽暗,晚风安谧。
哪里有快乐,哪里有劳作,
温柔的新郎,你在哪里?

神秘的戒指没被找到,
我已苦等许多时日,
这支歌像一名温柔的女俘,
也早已死在我的心底。

1917

二十一日,夜,星期一

二十一日,夜,星期一。
夜幕下的首都朦朦胧胧。
一个无所事事者随手写道:
这世界上存在着爱情。

出于懒惰,或者出于无聊,
大家就这么信了,并照此生活:
盼望着相会,担心着离别,
还吟唱一支又一支情歌。

但奥秘却向另一些人敞开,
寂静就在他们身上栖息……
我偶然间撞上了此事,
从此一直焦躁不安。

1917

我俩无力就此绝情地分手

我俩无力就此绝情地分手——
依然肩并肩在路上徘徊,
天色已经开始昏黄,
你陷入沉思,我保持着沉默。

我们将会走进教堂,看见
唱诗班、受洗与婚礼,
但互不搭理,退了出来……
为什么我们不能如此办理?

或者,我俩也会来到墓地,
坐上踩实的积雪,一声轻叹,
你用木棍画出一座豪宅,
那是我俩永久的居所。

1917

破晓时分醒来

破晓时分醒来,
是因为被快乐所窒息,
从舱室的窗口望去,
一片碧绿的波涛,
或者是阴天登上甲板,
披着松软的皮袄,
聆听马达的喧嚣,
什么都不去思想,
只是预感将有奇遇,
见到我命定的星星,
由于海水,由于微风,
每一刻变得更加年轻。

1917

一个声音向我传来

一个声音向我传来。它安慰我,
对我说道:"到这儿来吧,
离开你荒凉、罪恶的故乡,
永远离开俄罗斯。
我会洗净你手上的血污,
剜除你心头黑色的耻辱,
我以新的名字来覆盖
失败的创痛和屈辱。"

但我漠然,不为所动,
用双手捂住了耳朵,
以免这些卑劣的言辞
将我哀伤的精神玷污。

1917

每一个昼夜

每一个昼夜都存在着

一个混沌和令人不安的时刻。

我大声地与忧愁交谈,

但并不睁开惺忪的眼睛,

它也轻轻地叩击,犹如血液,

犹如温暖吐出的气息,

犹如幸福的爱情,

理智而凶狠。

1917

我听见黄鹂永远悲伤的啼啭

我听见黄鹂永远悲伤的啼啭,
我向夏天壮丽的减损致敬,
一枝麦穗紧挨着另一枝麦穗,
镰刀打着蛇哨收割它们。

身材匀称的刈麦女穿着短裙,
恰似节日的旗帜迎风招摇。
此刻,最好响起快乐的小铃铛,
凝视的目光透过落满尘埃的睫毛。

在难以避免的黑暗之预感中,
我期待的不是柔情,不是爱的谄媚,
但你仰望一下天堂吧,在那里,
我们是多么幸福,多么纯洁。

1917

你谜样的爱情,仿佛一种疼痛

你谜样的爱情,仿佛一种疼痛,
让我不由得大声叫了起来,
面色变得焦黄,患了癫痫症似的,
身体虚弱,拖着脚步往前走。

你别再用口哨吹奏新的歌曲,
莫非想用歌声长久地欺骗?
请用你的爪子,爪子,更疯狂地
撕扯我肺痨患者的胸口。

让鲜血从喉咙里喷涌而出,
很快就溅满床褥,
让死神从心脏深处
掏出永远被诅咒的醉意。

1918

我向布谷鸟探询

我向布谷鸟探询,

我能够活过多少岁……

松树的梢头在颤动,

一道黄光落在草丛上,

但清新的密林一片阒寂……

我徒步回家,

一丝清凉的风轻拂

我灼热的额头。

1919

倘若月亮并不缓行在天空

倘若月亮并不缓行在天空，

而是逐渐冷却——如夜的印痕……

我亡故的丈夫就会回来，

阅读我倾诉爱情的书信。

面对精制的橡木小匣子，

他仍然记得你秘密的锁钥，

戴着镣铐的双脚

粗重地碰撞镶嵌的地板。

他将核验约会的时间

和签名模糊的痕迹。

迄今，他所承受的痛苦，

难道还嫌不够多？

1910 年代

亲爱的旅人

亲爱的旅人，你的路更远，
但我还想和你说会儿话。
天空已经点燃了烛光，
它们要送别霞光的离去。

我的旅人，请将你明亮的目光
赶紧转向路的右边：
这里生活着一条狡猾的毒龙，
很久以来，它一直是我的主宰。

而在这条毒龙的洞穴中，
没有什么宽容，也没有法律。
墙壁上悬挂着一根皮鞭，
不让我唱出自己的心声。

这有翼的毒龙手段狠辣，
它训诫我必须柔顺，
让我忘掉放肆的大笑，

让我变得卓尔不群。

亲爱的旅人,请将我的话语
带到那座遥远的边城,
让那个我为他而活着的人
变得更加伤心。

1921. 6. 22

一切被侵吞，一切被背叛，一切被出卖

一切被侵吞，一切被背叛，一切被出卖，

黑色死神的翅膀在闪烁，

一切被饥饿的忧愁给啃光，

我们又如何能有什么光明？

城外杳无人迹的森林

白天飘动着樱桃的气息，

七月天空透明的高空，

夜晚闪烁着新的星子。

就这样，奇迹走近了

那些坍塌的房屋……

没有人、没有人知道，

这可是我们亘古所期盼的。

1921.7

恐 惧

恐惧，在黑暗中忙乱地收拾东西，
月亮的光线涂抹着斧头。
墙壁背后传来不祥的敲击声——
那是什么？老鼠、幽灵还是小偷？

在窒闷的厨房里泼溅水花，
计算着摇摇晃晃的地板，
有着亮闪闪的黑色大胡子，
一闪而过，在顶楼的窗外。

静息。他多么凶险，多么狡猾，
藏起了火柴，吹熄了蜡烛。
还不如让磨擦好的步枪
抵住我的胸口，微光闪烁，

还不如在绿色的广场上，
在未曾油漆的木板架上躺倒，
伴随快乐的呼喊与呻吟，

流淌鲜红的血液,直到最后一滴。

我把光滑的十字架贴近心脏:
上帝,还给我灵魂以安宁!
从冰凉的床单上,令人晕眩地
散发出一股甜腻的腐烂味。

1921.8.27—28

好歹得以成功地分手

好歹得以成功地分手，
把冷却的火焰彻底扑灭。
我永恒的敌人，你应该
真正地怜爱一个人。

我是自由的。一切是娱乐，——
深夜，缪斯循迹安慰我；
而清晨，荣誉蹒跚着前进，
仿佛噪响在耳畔的铃鼓。

不需要为我做祈祷，
你走吧，不用再回头……
黑色的风令我平静，
金色的落叶让我享受。

我把离别当成一件礼物，
将忘却看作一种幸福。
但请告诉我，你怎敢
把他人送进十字架的痛苦？

1921.8.29 皇村

让管风琴的声音重新响起

让管风琴的声音重新响起,
就像春天的第一场雷暴,
我半开半闭的眼睛
从你新娘的背后正好能看到。

爱情的七天,离别惊心动魄的七天,
战争,暴乱,空荡荡的家,
沾满无辜鲜血的小小手掌,
红色太阳穴上露出一绺白发。

别了,别了,愿你幸福,出色的朋友,
我必须归还你甜蜜的誓词,
但一定要珍惜你热情奔放的女友,
向她转达我不可重复的梦呓,——

因为,它将用火热的毒药
刺穿你们美好、欢乐的联盟……
而我,也会去掌管神奇的花园,
那里有小草的絮语和缪斯的赞美。

1921

生铁铸就的栅栏

生铁铸就的栅栏,
松木制作的床。
多么甜蜜,我再也
不需要去嫉妒。

人们为我铺好床褥,
放声痛哭,不住祈祷:
上帝与你在一起,
你现在可以自由地来去。

而今,那些猖獗的话语
再不能伤害你的听觉,
而今,不再有人
将蜡烛一直点到天明。

我们终于获得了宁静,
过上了纯洁的日子……
你在哭泣——但是我
并不值得你的一颗泪滴。

1921

你预言，苦命人

致奥·亚·格列波娃－苏杰伊金娜

你预言，苦命人，无力地垂下双臂，
一绺发丝粘在苍白的前额上，
露出了微笑，——哦，绯红色的笑容
吸引过不止一只蜜蜂，
也不止诱惑过一只蝴蝶。

犹如月亮的眼睛多么清朗，目光
敏锐地凝视着远方。
莫非是给了死者甜蜜的嗔怪，
或者你宽容地对待那些生者，原谅了
带给你的疲惫和耻辱？

1921

当我尚未在围栏前倒下

当我尚未在围栏前倒下,
在狂风尚未将我置于死地,
那个关于急救的幻想
如同咒语,就可能将我灼伤。

执拗的我,等待发生点什么,
像我在歌中所发生的状况,
他如同从前一样快乐、平常,
充满信心地敲打着房门,

他会走进屋子,并且说道:
"够了,你看,我也原谅你了。"
不再有恐惧,不再有痛苦,
也不会有玫瑰,不再有天使的力量。

然后,在丧失记忆的慌乱中,
我悉心守护自己的心灵,
如果缺乏这样的环节死去,
我就会觉得不可思议。

1921

我对亲人施予毁灭的咒语

我对亲人施予毁灭的咒语，
于是，他们一个接一个毁灭。
哦，我多么悲伤！这些坟墓
因为我的词语而预言成真。
如同乌鸦嗅到新鲜的热血，
于是就四下里盘旋，
我的爱情也因此而雀跃，
传递那些野性的歌声。

与你一起，我感到甜蜜、炽热，
你如此亲近，恰似心脏紧贴胸膛，
请把手伸给我，平静地聆听。
我给你一个祈求："赶紧离开。"
最好别让我知道你身在何处，
哦，缪斯，不要呼唤他，
让他活下去吧，哪怕不再歌唱，
也从未体验过我的爱情。

1921

诽 谤

诽谤它到处都伴随着我。
我梦中都能听到它爬行的脚步,
在无情的天空下死灭的城市,
为了住宅和面包而漂泊,试碰运气。
诽谤的反光出现于所有人的眸子,
时而像背叛,时而像纯洁的惊恐。
我不怕它。面对每一个新的挑战,
我都给予应有的、严厉的回击。
但是,我已预见到不可回避的日子,——
清晨,朋友们来到我的跟前,
恸哭侵扰了我最甜蜜的梦境,
把圣像放在我逐渐冷却的胸口。
那时,它乘虚而入,无人知晓,
它贪得无厌的嘴巴在我的血液
不知疲倦地清点未曾实施的欺凌,
把自己的声音编进追荐的祈祷。
大家都清楚地听到它无耻的呓语,
为的是邻居不能抬眼去看邻居,

为的是我的身体放置于恐怖的空无，

为的是我的灵魂在黎明时的迷雾中飞旋，

最后一次点燃尘世的无力，

点燃对遗弃的大地纯朴的怜悯。

1921

大门宽敞地打开

大门宽敞地打开,

椴树赤裸如乞丐,

坚固、凹陷的墙壁

镀金层已黯淡、干裂。

祭坛和墓室充满轰鸣,

钟声向着第涅伯河飞翔,

沉重的马泽帕*大钟

也这样回响在索菲亚广场。

坚毅的钟声愈来愈响亮,

仿佛这里正处决异端分子,

而在对岸的森林,平静的声音

让毛茸茸的小狐狸欣喜不已。

1921

* 马泽帕(1639—1709),乌克兰当时的最高统帅,曾命令工匠铸造一口大钟,并以他的名字命名。该钟现安放于基辅的索菲亚广场凯旋教堂内。

哭泣的秋天

哭泣的秋天,像一名寡妇

穿着黑色衣裙,迷雾笼罩整个心灵……

逐一揣摩男人的话语,

她再也不能止住恸哭。

一直会这样,直到歇下来的雪花

开始怜悯这悲痛而倦怠的女人……

要忘却痛苦,忘却愉悦——

为此生活付出的可真不少。

1921

皇村诗行

悼尼·古米廖夫

1

秋天的空气弥漫

戏剧第五幕的气息,

公园的每一个花坛

就像新筑的坟墓。

为死者痛哭一场,

如今,我的灵魂

与所有的敌人达成和解。

举行一次秘密的祭奠,

此外就无可奈何。

我为什么如此迟缓,

仿佛奇迹很快将出现?

一只柔弱的手臂

拽着如此沉重的小船,

让它紧贴着码头,

告别陆地上的人们。

2

亲者所有的灵魂都升入星空。
多好啊,不再有人会失去,
也无须为此哭泣。皇村的空气
被创造,就为重唱这些歌曲。

岸边有一棵银色的垂柳
轻拂九月明亮的水面。
我的影子从往事中间复活,
迎面朝着我,默默走来。

这里,树枝悬挂如此多竖琴,
仿佛我的竖琴也在其中。
而这一小阵罕见的太阳雨
给我带来慰藉和美好的福音。

1921. 秋 皇村

别热茨克[*]

那里有洁白的教堂，喧响、闪光的冰块，
那里我爱子的眼睛盛开犹如矢车菊，
古老城市的上空是俄罗斯的钻石之夜，
天穹之下是比椴树蜂蜜更金黄的月镰儿。

那里有干燥的风暴从对岸的旷野刮起，
人们生活如天使，欢度上帝的节日，
收拾好明亮的小房间，点燃神龛旁的灯火，
橡木打造的桌子上摆放一本福音书。

那里有冷酷的记忆，而今变得如此淡薄，
它深深地鞠躬施礼，为我打开自己的阁楼；
但我不曾走进去，而是猛然阖上可怕的房门……
于是，这城市充满了圣诞节快乐的喧闹。

1921

[*] 别热茨克，位于俄罗斯特维尔州的一座城市。当时，古米廖夫的父母带着他们的孙子小列夫生活在那里，他们一度不让阿赫玛托娃去探望自己的儿子。

湖对岸的月亮静止不动

湖对岸的月亮静止不动,
仿佛一扇敞开的窗子,
通向安谧、明亮的房屋,
那里似乎有点儿不妙。

是男主人的尸体被运回,
还是女主人跟着情人私奔,
抑或是年幼的女孩失踪,
在湖湾里找到一只小鞋子。

大地茫茫。我们预感到
可怖的灾难,马上噤口不言。
追荐的猫头鹰在鸣叫,
热风在花园里咆哮。

1922

那些抛弃国土、任敌蹂躏的人

那些抛弃国土、任敌蹂躏的人,
我绝不会与他们交往,
我不会听他们粗俗的阿谀,
更不会给他们献上自己的歌声。

但我永远怜悯那些流放者,
哪怕他们被囚禁,体弱多病。
漂泊的人啊,你的前程灰暗,
异乡的面包充满艾蒿的苦涩。

在这里,大火浓烈的煤烟中,
戕害着残余的青春,
我们不曾躲避得了
对准自己的任何一下打击。

我们知道,在随后的评判中,
每一时刻都会给出证明……
但尘世间,没有人比我们
更高傲、更纯朴,更不会流泪。

1922.7 彼得堡

前所未有的秋天建造了高高的穹顶

前所未有的秋天建造了高高的穹顶，
这个穹顶受命不能遮挡住云彩。
人们感到惊奇：九月的时节已经来临，
冰凉、潮湿的日子究竟跌落在哪里？
混浊的渠水变得一片碧绿，
荨麻的芬芳，比玫瑰更加浓郁。
魔鬼的红霞，不可忍受，令人窒息，
我们所有人终身都会铭记在心。
太阳就像一名闯入首都的暴徒，
春天似的秋天那么急切地抚爱它，
看起来仿佛是雪花莲泛着白光……
此刻，安静的你，踏上了我的台阶。

1922.9

这儿真美妙

这儿真美妙：窸窣声和噼啪声；

寒意一天比一天更凛冽，

冰雪包裹的玫瑰花丛

在白色的火焰里弯下身子。

松软而空旷的雪野留下

雪橇的痕迹，仿佛一缕记忆，

在某个遥远的时代，

我和你双双从这里经过。

1922.冬

天鹅的风四下吹拂

天鹅的风四下吹拂,
天空在血红中透出湛蓝。
你爱情最初的时光
已成为周年的纪念来临。

你摔碎了我的酒杯,
岁月飘逝,恰似流水,
为什么你不会老去,
你的英俊宛如当初?

温柔的声音甚至更洪亮,
唯有时间的翅膀
在你安详的额头上,
添上雪白荣誉之秋霜。

1922

他对我耳语

他对我耳语："我不惜
用这样的方式表达爱情——
或者成为我的全部，
或者我将你毁灭。"
你黑色的嫉妒
这最无聊的理由，
这么多天不间断地
在我头顶牛虻似的嘤叫。
痛苦窒闷，但尚未窒息，
自由的风吹干泪水，
而快乐，只要稍稍爱抚
可怜的心，就获得了安慰。

1922

缪　斯

深夜，我期待着她的光临，
生命，仿佛只在千钧一发间维系。
面对这位手持短笛的贵宾，
荣誉、青春和自由都不值一提。
呵，她来了。掀开面纱，
目不转睛地打量着我。
我问道："是你，向但丁口授了
地狱的篇章？"她答道："是我。"

1924

自童年就喜爱的那一座城市

自童年就喜爱的那一座城市,
今天,我仿佛觉得,
就像一笔被我恣情挥霍的遗产,
在它十二月的宁静中。

轻易便到手的一切,
也就会被轻易地给出去:
真挚的热情,祈祷的声音,
第一支歌的神赐——

一切飘逝如同透明的云烟,
一切都在镜子深处腐烂……
一个塌鼻梁的提琴手
开始演奏不可回返的事件。

但是,怀揣异国女郎的好奇心,
迷醉于每一件新生事物,
我欣赏雪橇如何飞驰,

凝神谛听我的母语。

幸福轻拂我的脸颊，
如同野性的清新与力量，
仿佛亘古以来的密友，
与我一起登上台阶。

1929

最后的祝酒辞

干杯,为家园的废墟,

为我残酷的生活,

为两人共处的孤独,

也为了你,干杯,——

为背叛我的双唇之谎言,

为目光之冰冷的寒意,

为世界的残忍和粗暴,

为上帝也不能拯救的一切。

1934

有人传递脉脉含情的眼神

有人传递脉脉含情的眼神,
另有人喝酒直到天光大亮,
而我整夜都在进行谈判,
与自己那颗桀骜不驯的良心。

我说道:"我担起你的重负,
你是否知道已有多少年。"
但对它而言,不存在时间,
也不存在这尘世的空间。

又到了谢肉节漆黑的黄昏,
凶险的公园,悄没声的马步。
充满幸福与快乐的风,
从天边的悬崖上扑向我。

而我的头顶,长有双角的见证者
平静地伫立……哦,去吧,去吧,
沿着一条变幻莫测的古路,
走向有着天鹅与死水的地方。

1936

庆祝一下最后的周年纪念日

庆祝一下最后的周年纪念日——
你要明白,今天恰好
是我们第一个冬天——钻石似的
雪花飞舞的夜晚重又降临。

皇家马厩冒出了汗湿的热气,
莫伊卡河为黑暗所笼罩,
月亮的光线仿佛被故意调暗,
我们去往何方——我并不知晓。

一座杂草丛生的花园迷失
在孙子与祖父的坟墓之间,
从监狱似的梦呓中潜出,
灯笼仿佛送葬似的照燃。

马尔索沃空地成为恐怖的冰山,
小天鹅河躺在水晶宫中,
谁的命运堪与我相比,

倘若他的心中有喜悦与惊恐。

你的嗓音像一只神奇的小鸟,
在我的肩膀上不住颤抖。
令人亲切的光亮突然闪现,
给雪尘镀上一层温暖的银光。

1938

柳　树

我在彩色花纹的寂静中成长，
成长于年轻世纪冰凉的儿童室。
我并不觉得人的声音可亲，
而风的声音倒令我更容易理解。
我喜欢荨麻，也喜欢牛蒡叶，
但最喜欢的是银色的柳树。
深怀感恩之心，它终生
与我厮守在一起，用垂下的柳枝
轻拂我的失眠，令我进入梦境。
哦——真奇怪！我活得比它更寿长。
树墩在那儿戳立，其他的柳树
正用陌生的声音议论什么，
就在我们一如往昔的天空下。
我只有沉默……仿佛一个兄弟死去。

1940

记忆的地下室

这根本就是瞎扯,说我在愁苦中过活,
我成天受着回忆的煎熬。
我并不经常到记忆家去做客,
它也总是不断地哄骗我。
当我提着灯笼来到了地下室,
我仿佛觉得——低沉的坍塌声
正在狭窄的梯子上辘辘作响。
灯笼冒出烟气,我已不能返回,
而我知道,只能向前走,冲向敌人。
敬请关照……但是,那里
幽暗而肃静。我的好事已经结束!
他们送走那些女士,已经有三十年,
那个淘气的家伙也已衰老而死……
我迟到了。真是不幸!
我似乎已经走投无路。
但我抚摩着墙壁上的彩画,
在壁炉旁取暖。哦,简直是奇迹!
透过这些霉层,这油烟和腐臭

闪动着两颗鲜活的绿宝石。

公猫在喵喵叫。唔，我们回家吧！

但哪里有我的家？哪里有我的辨别力？

                                              1940

第三扎加采耶夫斯基胡同

一条小胡同,又一条小胡同……
如同绞索,勒紧了喉咙。

莫斯科河吹来清新的空气。
窗口闪烁着微弱的灯光。

黯淡的路灯逐渐熄灭——
从钟楼里走出了敲钟人……

从左手看去——是一块荒地,
而从右手看去——则是修道院,

对面,一棵高大的槭树,
被霞光染成一片鲜红。

对面,一棵高大的槭树
在深夜里倾听悠长的呻吟。

但愿我能找到那样的方式,

因为我的大限即将来临。

但愿我能再度拥有黑色头巾,

但愿我能再喝上一口涅瓦河水。

1940. 夏

落在列宁格勒的第一发远程炮弹

在人们多姿多彩的忙乱中，
一切突然出现变化。
但是，这声音既非来自城市，
也不是来自乡村。
确实，它与远方的惊雷
十分相像，犹如兄弟。
但惊雷含有水分，
它们来自高空新鲜的云朵，
也含有草坪的渴望——
一场欢乐暴雨的喜讯。
但这声音干燥，恰似地狱之火，
而惊慌失措的听觉
并不相信——因为，
它在不断生长并扩张，
多么冷漠地给我的孩子
带来了毁灭。

1941.9

死亡之鸟伫立在天顶

死亡之鸟伫立在天顶。
谁能前来拯救列宁格勒?

不要在周围喧嚷——它在呼吸,
它还活着,它依然在谛听:

在波罗的海潮湿的海底,
它的儿孙们在梦中呻吟,

仿佛自地心发出哀号:"面包!"——
直抵九霄云外的声音……

但是,这苍天真是冷酷无情。
透过所有窗口看到的——都是死神。

1941

小拳头一敲

小拳头一敲——我就把门打开。

我的房门永远为你敞开。

而今我在大山的后面,

在荒漠后面,在风与暑热的后面,

但我永远不会背叛你……

我听不到你的呻吟,

你再也不来问我要面包。

请带给我一根槭树枝,

或者几株普通的绿草茎,

就像你去年春天带来的那样。

请带给我一捧纯净水,

我们涅瓦河冰凉的河水,

我要从你金发的小脑袋上

洗去斑斑的血迹。

1942.4.23 塔什干

NOX

(夏园里的雕像《夜》)

夜女郎!

披着星星的面纱,

插着服丧的罂粟花,与不眠的夜枭相伴……

可爱的女儿!

我们用花园里新鲜的泥土

已经把你掩埋好。

狄奥尼索斯的酒杯已经倾空,

爱情的目光饱含泪水……

此刻,在我们的城市上空飞过了

你那些恐怖的姐妹。

1942

而你们，我最后一次应征的朋友

而你们，我最后一次应征的朋友！
我保存自己的生命，为的是哀悼你们。
不要像垂柳那样冷漠对待你们的祭辰，
而要向整个世界高呼你们所有人的名字！
名字又算得了什么！
　　　　　反正都一样——你们与我们同在！
所有人都跪下，所有人！
　　　　鲜红的光芒涌现！
列宁格勒人重新排列成队，冲破硝烟前进——
生者与死者肩并肩：对荣誉而言，并不存在死者。

1942

普 希 金

有谁懂得什么是荣誉!

他为此付出了多大的代价,

是他的才能还是天赋,

睿智而调皮地调侃一切,

然后又神秘地沉默,

将大脚丫称作玉足?

1943

三个秋天

我根本不理解夏日的微笑,

我也找不到冬天的秘密,

但我几乎可以准确无误地

观察到每年的三个秋天。

第一个——喜庆日似的无序,

故意惹怒昨天的夏季,

树叶飘飞,如同笔记本的碎片,

烟雾的气息恰似芬芳的安息香,

一切都显得湿润、明亮,色彩缤纷。

白桦树林最早翩然起舞,

披上一身透明的衣饰,

匆忙抖落短暂的泪珠,

越过篱笆,洒向女邻居。

但经常如此——故事才开始,

一秒钟,一分钟,——于是,

第二个秋天来临,平静有如良知。

幽暗如同空中的偷袭。

一切都变得更苍白和恐怖,

夏日的惬意被全然扒净,

金色小号远方的齐鸣

在馥郁的雾霭中漂浮。

崇高的天穹被淹没

在芬芳的祭香冰凉的波涛,

但风骤然刮起,一切都敞开——

一切变得很清晰:悲剧谢幕,

可这已并非第三个秋天,而是死亡。

1943

一九四四年一月二十七日

在一月黯淡无星的深夜,

诧异于未曾有过的命运,

从死亡的深渊返回,

列宁格勒向自己致敬。

1944

"永不遗忘的日期"又已临近

"永不遗忘的日期"又已临近,
这其中没有一个日子不可诅咒。

但最可诅咒的当数升起的朝霞……
我知道:并非徒劳的是心之挣扎——

海洋风暴袭来之前,嘹亮的时刻,
心斟满了一腔朦胧的忧悒。

我在往事之上摆放一个黑色十字架,
这是你的心愿,西南方同志,

椴树和槭树挤满了整个房间,
绿色的游民们大声喧嚷,胡作非为。

河水已经高涨到桥梁的肚子?——
一切还如同那时,一切如同那时。

1944

当月光像一片查尔朱*的甜瓜

当月光像一片查尔朱的甜瓜

落在窗户的边缘,周围空气闷热,

当屋门紧闭,蓝色的藤萝花

以轻盈的枝条对屋子施展了魔法,

陶碗中盛满了冰凉的清水,

面巾上的雪,白蜡的照明烛

燃烧,仿佛在童年,吸引着飞蛾,

寂静在那里轻诉,并不听我的话语,——

那时,从伦勃朗角落的黑暗中,

有什么集成一团,又突然在那里消失,

但我并不曾受惊,甚至没感到恐惧……

孤独在这里将我抓进了罗网,

女主人的黑猫盯着我,像一只百年之眼,

镜子里的同貌人也不想帮助我。

我即将甜蜜地睡去。晚安!晚安!

1944 塔什干

---

* 查尔朱,土库曼斯坦的一个城市,盛产甜瓜。

那一晚我们都因对方而疯狂

那一晚我们都因对方而疯狂，
只有不祥的黑暗为我们照明，
一条条沟渠在喃喃低语，
石竹花散发着亚洲的气息。

我们穿过这座异乡的城市，
穿过如烟的歌声和子夜的暑热，——
巨蛇星座下的两个人，
谁也不敢看上对方一眼。

这可能是伊斯坦布尔甚或是巴格达，
但是，唉！却非华沙，也非列宁格勒，
而这种痛苦的差异令人窒息，
就像遭到遗弃的空气。

恍惚觉得：世纪也在身旁迈步，
一只无形的手击打着铃鼓，
那些鼓声就如同秘密的暗号，

在黑暗中围绕我们旋扑。

我和你,在神秘的夜雾里,
仿佛走在无主的大地上,
可月亮像一只土耳其的钻石小舟,
突然闪现于相会即离别的上空。

在你那个我一无所知的命运里,
倘若那晚倒回,重返你身旁,
你就会知道,这神圣的一刻
已经走进了某个人的梦乡。

1942.5—1959.12.1 改定

你，亚洲，祖国的祖国

你，亚洲，祖国的祖国！

高山与沙漠的储藏所……

你的空气与以往的空气

完全不同——火热而湛蓝。

邻近的区域似乎就是

一道从来未有的童话屏风，

一群鸽子穿越缅甸上空

飞向坚不可摧的中国。

伟大的国家沉默了很久，

被烈焰的暑气所笼罩，

在自己可怕的白发下

藏匿永恒的青春。

但明亮的时代正在临近，

去向永远神圣的地方。

你曾在那里把格萨尔歌唱，

所有人都将成为格萨尔。

你手持一枝和平的橄榄枝，

出现在世界的面前——

在你各种古老的语言中间，

响起了一个新的真理。

1944

诗 三 首

1

是时候了，忘掉这骆驼的喧嚷，

忘掉茹可夫斯基大街上的白房子，

是时候，是时候了，快去找白桦与蘑菇，

快去寻找莫斯科辽阔的秋天。

一切在那里闪烁，一切沾满露珠，

天空攀爬得多么高远，

罗加切夫公路依然记得

青年勃洛克暴徒似的口哨声……

1944—1950

2

在黑色的记忆中掏摸一下，你就能

找到长及臂肘的手套，

以及彼得堡的夜。黄昏时分，弥漫着

包厢里的那种窒闷与甜蜜的气息。

吹自海湾的风。而在那里,哎唷与啊呀
从诗行中间穿了过去,
时代悲剧的男高音——
勃洛克对你轻蔑地一笑。

1960. 9. 9

3

他说得对——又是路灯,药房,
涅瓦河,沉默,花岗岩……
这个人在那里伫立,
如同世纪初的一座纪念碑——
当他告别普希金之家,
只是把手一挥,
就接受了死亡的倦意,
仿佛接受了本不该有的安谧。

1946. 6. 7

悼亡友

胜利日这一天，柔雾弥漫，

朝霞如同反照一片殷红，

迟到的春天像一位寡妇，

在无名战士的墓前忙碌。

她双膝下跪，不急于站起，

吹一吹花蕾，拂弄一下青草，

把肩上的蝴蝶轻轻放到地上，

让第一棵蒲公英绽开绒毛。

1945.11.8

一枚狡猾的月亮

一枚狡猾的月亮
躲在门后，它发现
我怎样用身后的名誉
交换那一个夜晚。

而今，人们即将忘掉我，
柜中的藏书正在霉烂，
他们再不会以阿赫玛托娃
来命名街道和诗篇。

1946

瓦 砾

You cannot leave your mother an orphan.

Joyce[*]

I

我,一个失去了火与水的女人,
和唯一的儿子告别……
被推上灾难的耻辱台上,
仿佛站在国王隆重的华盖下……

II

激烈的好辩者把争论
带到了叶尼塞河平原一带……
对你们而言,他是流浪汉,朱安党人[**],阴谋家,——
对我而言,他是唯一的儿子。

---

[*] 英语:你不能把你的母亲独自一个抛下。——乔伊斯
[**] 朱安党人,指十九世纪法国大革命时期西部诸省保王党叛乱分子。

III

七千零三公里……
你听不到母亲撕心的呼喊。
在北极风恐怖的怒号中,
在紧逼的灾厄的窄圈中,
你不驯、兽化——你是我的亲人,
你是第一个和最后一个,你——是我们的。
在我的列宁格勒的坟墓之上,
春天冷漠地徘徊。

IV

我何时,对何人说过什么,
我何须对人们隐瞒,
苦役将儿子百般折磨,
我的缪斯被鞭笞而死。
我比地球上所有人罪孽更重,
不论是曾经、未来和现在的谁,
对我而言,在疯人院里
躺着——便是至高的荣誉。

V

你们把我吊在血淋淋的钩子上，

像一头毙命的野兽，

为的是让外乡人在四处游荡，

窃笑着，不信任我，

在可敬的报章上公告，

说我无与伦比的天赋已经消失，

我曾经是一名诗人中的诗人，

但我的十三点钟已经敲响。

1949—1956

莫斯科郊外的道路令我着迷

莫斯科郊外的道路令我着迷,
仿佛我在那里掩埋有宝藏,
这宝藏的名字就叫爱情,
我马上就把它送给你。

椴树冠上趴伏着一百年的瞌睡,
有普希金,还有赫尔岑。鼎鼎大名啊!
我们离那一个转折不远,
那里整个四郊将永远显现。

就在那条道路,顿河曾经
把自己的军队引向不可思议的远征,
风还记得仇敌的尖叫声,
在翅膀上携带胜利的高呼声。

1956

致普希金城

> 那皇村庇佑的荫覆……
>
> ——普希金

1

哦,我痛苦!他们已将你烧毁……
哦,相见,比离别更沉重!……
这里曾经有喷泉和幽深的林荫道,
远处有古老公园庞大的建筑群,
朝霞要比自身更加鲜艳,
四月里,弥漫着腐草和泥土的气息,
还有那初吻……

2

这棵柳树的叶子在十九世纪便已枯萎,
只为在诗中百倍鲜艳地闪发银光。
无人问津的玫瑰变成了紫红的野蔷薇,
而皇村学校的颂歌依然健康地唱响。

半个世纪过去……我蒙受神奇命运慷慨的
追偿,在时日的失忆中忘却年华的流去,——
我再也回不到那里!但哪怕渡过忘川,
我也会随身携带皇村花园鲜活的轮廓。

1957

这并不费解

这并不费解,我不驯的诗行
有时响起的不是快乐的声响,
而我正哀伤不已。我四分之三的
读者已经去到佛勒革同河*对岸。

而你们,朋友!你们也所剩无几,
因此,我一天比一天更珍惜你们……
看起来,这路程多么短暂,
但实际上它比所有道路都更加漫长。

1958.3.3 波尔舍沃

* 佛勒革同河,冥河中的一条,传说河里流动的不是水,而是火焰。

你徒然在我脚下投掷

> 我看见,
>
> 我的天鹅自得惬意。
>
> ——普希金

你徒然在我脚下投掷
伟大,荣誉,权力。
你本人也知道,它们不能疗治
创作歌曲欢快的激情。

莫非你想以此驱散屈辱?
或者用黄金医治抑郁?
或许,我应该佯装屈服的表情。
但我绝不把枪口对准太阳穴。

不论怎样,死神都会站在大门口。
你应该追赶她,或者呼唤她,
而她身后的道路一片漆黑,
我浑身是血在这条路上向前爬。

而在她身后是数十年的

寂寞、恐惧和虚无,

但愿我能将这些唱将出来,

但我又担心,你会因此痛哭……

说什么哪,别了。我并非生活于荒漠。

夜与永远的俄罗斯和我在一起。

那就请将我从傲慢中拯救出来吧。

剩下的事情我自己能应付。

        1958

海滨十四行诗

这里的一切将比我活得更久长,
一切,即便是破旧的鸟巢,
以及这空气,春天的空气,
它刚好完成了越海的飞行。

而一个永恒的声音在呼唤,
蕴含着非尘世的不可抗拒性,
在鲜花盛开的樱桃树上空,
轻盈的月亮流溢着清辉。

这条路看起来是那么容易,
在碧绿的密林深处闪烁白光,
我并不知道它通向何方……

那里,树干之间更为明亮,
一切仿佛在林荫小道上,
就在皇村的池塘旁。

1958.6.16—17

请别妨碍我的生活

请别妨碍我的生活——那会令人不快。
你又有什么想法，在为什么苦恼？
或者有一个无法破解的谜语
像一颗星星在冰凉的夜晚闪耀？

或者像一个失眠之陈列馆，
你曾经如此这般地走来？
或者从早已毁灭的白色钟楼上，
你一直追踪着我庄严的到来。

在过去的生活里，我和你积攒了
那么多糟糕的往事，哦，可怜的朋友！
所以，工作就无须争论，
喉咙干燥，血液咕哝着什么，
血色的圈环在眼睛里漂动。

或者在记忆被禁止的时光，
你看到了温顺眸子里的柔光，

或者在某些漆黑的地下室,

你不止一次地留给我死亡的形象。

而如今,在被遗忘的牺牲品中间,

你找不到属于自己的位置……

那边有什么——沾满血迹的石板

还是一道被封死的宅门?

实际上——有数百公里之遥,

就像你对我说过的,——真实的胡话,

从童年起就熟悉的风之嗓音

还在继续我们古老的争论。

1959.6 科马罗沃

一年四季

今天我要回到那里,

我在春天栖居的地方。

我不再痛苦,也不再气恼,

唯有黑暗一直陪伴着我。

它多么深邃,多么柔滑,

它永远亲切面对众生,

如同从树上飞离的一片叶子,

仿佛风儿一声孤独的唿哨

滑过平整的冰面。

1959. 10. 12

片　段

……我觉得，这是烛光
陪伴我飞翔，直到黎明。
但我尚未弄清，——这些
奇异的眼睛究竟是什么颜色。

周围的一切在摇曳、歌唱，
但我无法辨别——你是敌是友，
这是冬日还是夏季。

1959

夏 园

我想观赏玫瑰,造访唯一的花园,
那里挺立着世间最美的栅栏,

那里的雕像还记得我年轻时的模样,
而我也记得它们在涅瓦河嬉戏的形象。

皇家的椴树,芬芳的寂静,
我仿佛听到船桅发出的嘎吱声。

天鹅一如往昔地浮游,穿过世纪,
欣赏着自己倒映在水中的美丽。

成千上万个脚步声死沉沉地睡去,
分不清是敌人的,还是朋友的。

而列队前进的影子一眼望不到头,
从花岗岩大花瓶到宫殿的大门。

那里，我众多的白夜在喋喋絮语，
把崇高而秘密的爱情倾诉。

万物闪烁着珠母与碧玉的光泽，
但是，光亮的源泉被秘密地藏匿。

1959

以青春诱惑

以青春诱惑,许诺以荣誉,
撒旦再一次对我这样说:

"你付出自己的荣誉和鲜血,
为了你认真思索的五天,

为了把那杯酒一饮而尽,
为了月亮照耀我们。

为了相互之间能再次梦见,
我向你建议选择永恒,而

不是五天持续到天亮的交谈。
你看,我有病,憔悴,头发灰白。

你看,你明白,——我不该这样的。"
那时,我就将手伸给了敌人,

但他摇身变成了一丛石榴树，
树上面的天穹却空洞，着火似的。

山的轮廓——子夜——月亮，
撒旦又一次跟我说话，

并且用黑色的翅膀遮住面部，
把一枚有着密约的戒指还给我，

呻吟着说道："你命定属于我，
哦，跟我一起干了这杯酒。"

这对翅膀和这杯酒意味着什么，
我很早就清楚地了解你，

而你——这是热病的第六次梦呓，
不是我们曾经有过的正常交谈。

1960

三月的哀歌

不幸的是，我往昔岁月的

珍宝已足够我长久享用。

你自己明白，邪恶的记忆

都不能挥霍它们中间的一半：

被挪歪的小圆屋顶，

乌鸦的聒噪，火车的嚎叫，

还有仿佛刑期已满，

跛行在田野的一棵白桦，

圣经记载的巨大橡树

在子夜秘密的集会，

从某个人的睡梦中漂出

几乎就要沉没的小船……

晚秋在那里随意游荡，

给庄稼地蒙上一层薄霜，

远方纯属偶然地

被全部笼罩进浓重的迷雾。

仿佛在季节轮换之后，

万物将不复存在……

还会有谁在台阶旁徘徊，
叫唤着我们的名字？
有谁贴紧了冰冻的玻璃，
挥动手臂，仿佛摇动树枝？
而作为回答，在蛛网的一角，
太阳的斑点在镜子里跳跃。

1960

回　声

通向往昔的道路已经关闭，
往事于我还有什么意义？
那是什么？血淋淋的石板，
或者是一扇被砌死的屋门，
或者是还不会沉默的
回声，尽管我如此请求……
与这回声焊接在一起的，
是我的事物，秘藏在心头。

1960

悼 诗 人

1

> 回声应答我,恰似一只鸟。
>
> ——鲍·帕

那不可重复的嗓音昨天沉寂,

小树林的交谈者告别了我们。

他转化成赋予生活的穗须,

抑或是他曾为之歌唱的濛濛细雨。

只要是这世间存在的所有花卉,

都为他的死亡而竞相开放。

但携有他谦逊名字的星球

很快变得一片阒寂……地球。

2

犹如盲眼的俄狄甫斯之女,
缪斯把先知引向了死亡,
而一棵疯狂的椴树
在这个哀悼的五月里开放,
正对那个窗口,我和他
曾亲切交谈的地方,他的面前
蜿蜒伸展着一条长着翅膀的金路,
路上,他将被最高的意志佑护。

1960

故　土

　　尘世间，没有人比我们更高傲、
　　更纯朴，更不会流泪。

1922

我们没有将它放进珍贵的香囊挂在胸口，
我们也不曾泣不成声地为它书写诗句，
它也不曾触及我们痛苦梦魇的创口，
它也不像是上帝许诺的天国乐土，
在我们的心中，也从来不曾
把它当成可以买卖的商品。
我们在它上面默默地受罪、遭难，
我们甚至从来没有想起它的存在。
　　是的，这是我们套鞋上的灰尘，
　　是的，这是在我们齿间咯吱的沙粒。
　　我们磨蚀它、搅拌它，碾成粉末，
　　那无法与其他东西混合的尘土。
可是，直到我们躺入其中，与它融为一体，
由此，我们才可以从容地宣称："自己的尘土。"

1961 列宁格勒，港口医院

聆听歌唱

女性的声音风一般掠过，
令人觉得漆黑、湿润，犹如夜晚，
倏忽即逝，不可触摸，
一切顷刻变成另外的存在。

流淌，恰似钻石的光辉，
某处仿佛有物闪烁着银光，
穿着神秘莫测的衣装，
前所未有的绸质，窸窣作响。

但有一股如此强大的力量
诱惑着迷人的声音，
仿佛前面并不是坟墓，
而是秘密的天梯之飞升。

1961

最后的玫瑰

> 您用曲笔描绘着我们。
>
> ——约·布

我要和莫洛佐娃一起鞠躬致意，
和希律王的继女一起跳舞，
随着浓烟飞出狄多的篝火，
为的是与让娜[*]再度走上火刑架。

上帝！你看哪，我已倦于复活，
甚至也倦于死亡，倦于生活。
拿走一切吧，但要留下这朵红玫瑰，
让我再一次感受到它的鲜艳。

1962.8.9 科马罗沃

---

[*] 让娜，即圣女贞德。

书籍的出版

那一天永远非同寻常。
掩饰起寂寞、痛苦和残忍,
诗人——是谦卑的主人,
读者——是赏光的客人。

一位诗人将客人带入了豪宅,
另一位——领进了狭小的窝棚,
第三位——直接引入慵懒的夜晚,
我交给读者的是一个漂亮的拷刑架。

为什么,都是什么人,来自何方,
踏上了一条虚无之路?
吸引他们的是什么——怎样的奇迹,
一颗怎样的黑色的星星?

但他们所有人无疑都清楚,
为此将会得到什么样的奖励,
在这里逗留是危险的,

这可不是什么伊甸乐土。

那么,等一下!将再度汹涌而来,
这个时刻不可避免……
而他们将怀着一腔冷漠之情
顺带着掏出心脏。

       1962.8.13午间 科马罗沃

二十三年之后

我吹熄那些密约的蜡烛,

神奇的晚会就此结束,——

刽子手,冒名为王者,先知,

呜呼,检察机关的话语,

一切在消逝——我梦见了你。

在方舟之前跳完自己舞蹈的人,

在降雨之后,刮风之后,飘雪之后,

你的身影出现在不朽之岸上空,

你的声音响起在黑暗的核心。

点数一个个名字——你不断地

在我的耳畔呼唤我……"安娜!"

像从前一样,对我以"你"相称。

1963.5.13 科马罗沃

寒冷,阴湿,小雨

离别是虚幻的

离别是虚幻的——我们很快就能在一起,

一切被禁止的,犹如埃尔西诺*的幽灵。

周围绕着我转的一切全是多余之物,

看起来,如今我应该被干掉。

它们时而扑闪翅膀,时而像心脏在搏动。

但昨天的血迹已经永远不可能洗刷。

1963. 8. 14

---

* 埃尔西诺,又名赫尔辛格,丹麦西兰岛上的一座城市。

这个夏天令人如此愉快

这个夏天曾令人如此愉快,

让我忘掉了自己的名字,

如此安静,恰似葡萄园的氛围,

仿佛照着梦境营造的现实。

音乐与我一起分享了宁谧,

尘世间再没人更加通情达理。

她经常引领着我

濒临我生存的极限。

而我独自从那里回来,

清楚地知道,这是最后一次,

我随身携带的东西,犹如奇迹之感,

那就是……

1963.8.27

诗人不是人

诗人不是人,他只是精神——
他必须是瞎子,就像荷马,
或者,像贝多芬,是个聋子,——
但能看见一切,听见一切,统治一切……

1960 年代

行遍大地路漫漫

坐着雪橇,行遍

大地路漫漫……

——弗拉基米尔·莫诺马赫*给孩子们的训诫

1

推揉着岁月向前,

径直掉落在子弹脚下,

每逢一月和七月,

我都潜入到那地方……

没人发现小伤口,

没人听到我的呼喊,

我,基杰日**女人,

人们让我回家。

---

* 弗·莫诺马赫(1053—1125),古罗斯的政治家、军事家。曾当过罗斯托夫王公、基辅大公。

** 基杰日,传说中的弥赛亚之城,位于下诺夫哥罗德地区。

一万棵白桦树
追随着我的身影，
寒意汩汩流淌，
形成一堵玻璃墙。
久远的火灾遗址
有一个焦煳的仓库。
"同志，这是通行证，
让我到后边去吧……"
于是，士兵平静地
挪开了刺刀尖。
那个小岛浮出水面，
多么华美，多么炎热！
一片红色的黏土，
苹果花盛开的花园……
从海蓝色的宝石柱上，
迸射一轮夕阳。
一条陡峭的小路
颤栗着，向上蜿蜒。
这里，我需要
紧握某个人的手掌……
但是，我没去聆听
手摇风琴沙哑的呻吟。
那个基杰日女人
听到的不是这声音。

2

堑壕，堑壕，——

你很快将迷路！

从古老的欧洲

留下一块碎布条，

城市燃烧，

云中布满烟雾……

克里木岛的山脊

显得愈来愈暗。

我在身后带着一群

受雇哭灵的女人。

哦，安静的海岸

蔚蓝色的斗篷！……

在一只死水母面前，

我羞涩地站立；

我在此与缪斯相遇，

向她立下誓言。

但她却放声大笑，

怀疑地说："给你吗？"

芬芳的四月

顺着融雪在流淌。

这是伟大的荣誉

巍峨的大门,

但是,有一个声音

狡猾地发出警告:

"你赶快回到这里,

你要不止一次地回来,

而坚硬的钻石

将重新把你绊倒。

你最好绕道而走,

你最好退着走,

你被褒扬,受到咒骂,

在父亲的花园。"

3

黄昏的时候,

雾气愈来愈浓。

让霍夫曼*与我

一起走到拐角处。

他知道,压低的

---

* 霍夫曼(1776—1822),德国小说家,作品风格浪漫、怪诞,有强烈的喜剧和幽默元素。

声音如何变得浑厚,

谁的同貌人

走进了小巷子。

这可不是什么玩笑,

已经有二十五年,

我一直梦见

一个恐怖的剪影。

"这么说,向右转?

唔,这里,在拐角后?

谢谢!"一条沟渠,

一座小小的屋子。

我不知道,月亮

给一切洒满了光芒。

它从绳梯上

一骨碌翻下来,

绕着废弃的屋子

转上了一大圈,

夜,就在出口,

在一张圆桌背后,

破碎的镜子,

残片仍将倒映月亮,

而在漆黑一团中,

一名被砍杀者在沉睡。

4

最高的权力

最纯洁的声音,

仿佛是离别

得到尽情的满足。

熟悉的建筑

从死亡向外张望——

与此前发生

在我身上的相比,

这一次的会晤

将更加悲惨一百倍……

因为这新的损失,

我不得不回家。

5

一棵稠李被偷走,

如同虚幻的梦,

某人在打电话,

叫了一声"对马岛*！"

很快，很快呢，——

大限即将结束：

"瓦兰人"和"朝鲜人"

朝着东方出发……

一种旧的疼痛

如同燕子在飞翔……

富尔特·沙勃洛尔**

在后来愈加幽暗，

仿佛上一个世纪

被捣毁的古墓，

墓中住着既聋且哑的

一个老年残疾者。

布尔人***手持来复枪，

表情严厉而阴沉，

对他严加看守：

"退后，赶快退后！！"

---

*　1905年，日俄在对马岛进行了一场海战。俄罗斯的波罗的海舰队、太平洋舰队几乎被全歼。下文中的"瓦兰人"和"朝鲜人"均是舰艇名，均在此次海战中被击沉。

**　富尔特·沙勃洛尔，巴黎的一处住宅名。十九世纪，法德发生战争。上尉德雷福斯被指控为德国提供情报，犯了叛国罪，曾经在这间屋子被囚禁了三十五天。后来，真相大白，德雷福斯被宣告无罪。

***　布尔人，南部非洲的荷兰移民后裔。

6

我长久地等待

一个伟大的冬天,

我迎接它,如同接纳

白色苦修士的职责。

我平静地坐进

轻快的雪橇……

投奔你们,基杰日人,

在子夜前回来。

这一段旅程

经过一个古老村落,

如今,已经没有人

再与基杰日女人同行,

没有兄弟,没有邻居,

也没有最初的新郎,——

唯有一根松枝

和一行太阳的诗句,

那是乞丐所遗落,

又凑巧被我捡到……

在我最后的栖居地,

请让我安息。

1940.3 喷泉屋

Cinque[*]

Autant que toi sans doute,il te sera fidele

Et constant jusques a la mort.

      Baudelaire[**]

1

仿佛依偎天边的浮云,
我在回忆你的絮语。

而你听到我的倾诉,
黑夜将变得比白昼更明亮。

就这样,我们离开了大地,
像星星一样在高空遨行。

无论往昔、当下,还是今后,

---

[*] 意大利语:五个。
[**] 法语:他忠于你犹如你忠于他,永不背叛。——波德莱尔

都没有绝望,没有羞耻。

但是,你可以听到,我在呼唤
活生生的你,并非在梦里。

你稍微推开的那一扇屋门,
我没有力量再将它关闭。

1945. 11. 26

2

声音在空气里燃成灰烬,
晚霞被黑暗逐渐吞噬,
在这个永远缄默的世界上,
只有两个声音:我的和你的。
黄昏,从看不见的拉多加湖*,
透过若有若无的钟鸣声,
深夜的热烈交谈化作了
虹彩交叉的一道微光。

1945. 11. 20

---

* 拉多加湖,位于俄罗斯的西北部。第二次世界大战期间,这片湖水是苏军最重要的运输补给线,有生命线之称。

3

很早以前我就不喜欢

别人来可怜我,

但带着你的一滴怜悯

前进,犹如体内注入了阳光。

这就是为何周围霞光飞溅。

我前进,创造奇迹,

原因就在此!

4

你自己知道,我不可能去赞美

我俩相会那个最痛苦的日子。

你有什么可以留作纪念?

我的影子?影子与你有什么关系?

那焚毁的剧本的献辞,

如今已成为灰烬荡然无存,

或者是从镜框中突然走出的

那张恐怖的新年肖像?

或者是隐隐约约可以听见的

白桦树焦炭发出的声响,

或者是我尚未转述完毕的

关于陌生爱情的故事?

5

我们不曾嗅过睡意朦胧的罂粟,

我们也不知道自己的过错。

在什么样的星辰引导下,

我们应着痛苦而诞生?

这一月的黑暗给我们

带来了什么样的粥羹?

什么样的无形反光

在天亮之前令我们发疯?

1946. 1. 11

北方哀歌 *

> 一切成了你记忆的祭品……
>
> ——普希金

第一歌

（前史）

> 如今我不在那里生活……
>
> ——普希金

陀思妥耶夫斯基的俄罗斯。月亮
被钟楼遮住了将近四分之一。
小酒馆做着生意，轻便马车飞驰，
一座五层高的大楼崛起在戈罗霍伏街上，
靠近斯莫尔尼宫的兹那梅尼亚教堂。
到处是舞蹈培训班，招牌不停地更换，

---

* 阿赫玛托娃原计划以此为主题创作七首，最后一首未完成。

"Henriette""Basile""Andre"* 站成一排，

还有豪华的棺材铺："舒米洛夫老店"。

哦，不过，城市的变化非常小。

不只我一人，其他人也同样发现，

它有时就像一家陈旧的石版印刷厂，

称不上第一流，但完全合乎礼仪，

看起来，似乎已有七十年。

尤其在冬天，在晨曦绽露之前，

或者在黄昏——那时，在大门外，

坚硬而笔直的铸造街一片幽暗，

  不曾为现代派所玷污，

  我家对面住着——涅克拉索夫

  和萨尔蒂科夫……两家门上

  都有纪念牌。哦，他俩要看到

  这牌子有多可怕！我走过去。

而在老罗萨有繁多的水沟，

小花园里竖立着衰败的凉亭，

窗上的玻璃如此漆黑，仿佛冰窟窿，

我想，那里已发生了什么变故，

我们最好头也不回地走掉。

并不是与所有的地方都能谈妥，

---

* 法语：指商店名，音译分别是"亨莱特""巴什尔"和"安德烈"。

让它自己把秘密揭开

(而我再也不会去奥普塔修道院……)。

裙子的窸窣声,带穗的方格毛毯,

镜子上胡桃木的边框,

卡列尼娜的美令人震惊,

我们自童年起就在欣赏的

那些狭窄走廊上的印花壁纸,

映现在昏黄的煤油灯下,

还有沙发椅上的天鹅绒……

  已经全部平民化,匆忙,不管怎样……

  父辈与祖辈不被理解。土地

  被抵押。而在巴登*——进行着轮盘赌。

一个有着透明眼睛的女人

(如此深邃的蔚蓝,只要瞧上

一眼,就不能不回想起大海),

有一只白皙的纤手,罕见的名字,

还有那善良,作为遗产

我仿佛从她那里得到了继承,

我悲惨的生活中多余的礼物……

---

* 巴登,德国的一处疗养胜地。

国家发着高烧，但鄂木斯克的苦役犯
明白这一切，给它们摆上十字架。
哦，如今他已搅浑了这一切，
自己置身在原初的无序之上，
升空，如同某个精灵。子夜钟响。
笔尖吱吱响，许多稿纸上
散发着谢苗诺夫练兵场上的气息。

于是，我们想到了诞生，
计算时间，准确无误，
为的是不放过任何一个
从未见过的场景，告别虚无。

1945

第二歌

（关于一九一〇年代）

没有一点玫瑰色的童年……

小雀斑，小熊和小玩具，

善良的阿姨，吓人的叔叔，甚至

没有溪边石滩上的玩伴。

我仿佛从一开始就自己

成了某人的一个梦或者呓语，

或者是陌生镜子里的映像，

没有名字，没有形体，没有缘由。

我也已经知晓罪行的清单，

那些我可能犯下的错事。

这就是我，像一个梦游症患者，

走进生活，去恐吓生活。

它在我面前伸展为草坪，

普罗塞庇娜*曾在那里漫步。

在举目无亲、胆怯的我面前，

意料之外的大门敞开，

人们走了出来，欢呼：

---

* 罗马神话中的谷物女神和冥后。

"她来了,她本人来了!"
但我诧异地看了他们一眼,
心想:"他们发疯了!"
他们愈是对我大加赞美,
人们愈是因我而欢欣鼓舞,
我在这世间就活得愈加可怕;
更加强烈的刺激就会降临,
而我知道,我所得到的百倍报偿
就是进监狱、进坟墓、进疯屋,
但随处可见的是,为我这样的幸福
付出的代价就是把酷刑期延长。

1955.7.4 莫斯科

第三歌

在那样的屋子里生活太过恐怖,

无论是来自壁炉的质朴的光,

无论是我孩子的摇篮,

无论是我俩年轻的时候,

那些充满灵感所构思的东西,

都不能缓解那种恐惧感。

而我也已学会去嘲笑它,

我也会留下一滴残酒

和一点面包屑,留给那些人,

他们在深夜像狗一样抓挠屋门,

或者向内窥视低矮的窗户,

那时,我们沉默不语,努力

不去注视镜子背后的创造,

在某些沉重的脚步踩踏下,

幽黑的楼梯发出了呻吟,

仿佛在可怜地祈求赦免。

而你却奇怪地笑着说:

"'他们'在楼梯上又带走了谁?"

你而今也到了众所周知的地方,

请问:除了我俩,这楼里还住着谁?

第四歌

就是它——那秋天的景象，

我一生都那么害怕的景象：

天空——如同烈焰升腾的深渊，

城市的声音——仿佛来自彼岸世界，

一直喧响，永远陌生。

仿佛我内心与之斗争的一切，

化作了单独的生命，随后它们

被砌进盲目的墙壁，植入黑色的花园……

但在那一刻，在我的身后，

我住过的屋子仍然在跟踪我，

像一只含有恶意的眯缝着的眼睛，

还有那扇我永远怀念的窗口。

十五年了——仿佛造就了

十五个花岗岩的世纪，

但我本人似乎也成了花岗岩：

如今，你祈祷也罢，痛苦也罢，称呼

我海洋公主也罢。反正一样。不必了……

但我需要相信我自己，

这一切已经发生了很多次，

不仅在我身上——别人也一样，——

甚至更糟糕。不，不会更糟——要好一点。
我的声音——这会儿，或许
最恐怖——从黑暗深处发出：
"十五年前，你用怎样一支歌
迎接这一天，你祈求天空，
祈求星星的合唱、水的合唱
来迎接与那个人庄严的相会，
而今你已离开了他……

这就是你那一场银婚纪念：
招呼客人，炫耀你的美，庆祝吧！"

第五歌

残酷的时代

翻转了我，如同掀动一条河。

我的生活被偷换。生活进入另一条

河道，流经另外的河域，

于是，我便不知自己的岸在何方。

哦，我错过了许多景致，

没有了我，大幕依然升起，

又落下。有多少朋友，

我在生活中没能再遇见一次，

有多少城市的轮廓可以

从我的眼眶中刺激出泪水。

但我仍知道世间还有一座城市，

即使凭借触觉我也可以在梦中找到。

有多少诗歌我未曾写出，

它们神秘的合唱徘徊在我周围，

而或许，在未来的某个时间，

会令我窒息……

我十分清楚开端与终结，

但终结之后的生活，就这么着，

如今也不需要进行回忆。

而且，某一个女人

占据了我唯一的位置，
使用了我最为合法的名字，
留给我一个化名，我似乎
可以用它来做一切可能的事。
唉，我即将躺进的并非我自己的坟墓。

但有时调皮捣蛋的春风，
或者偶然之书中词的组合，
或者某个人的微笑都会将我
拽进一种非现实的生活。
去年就是那么回事，
今年还是——坐车，观看，思考
和回忆，进入一面镜子似的
进入新的爱情，怀有麻木意识的
背叛，还有昨天尚未出现的
小皱纹……
……
倘若我能够从那里回望
我自己今天的生活，
我就最终会懂得嫉妒……

1945. 9. 2 喷泉屋

第六歌

回忆中存在着三个时代。
第一个时代——仿佛就在昨天。
灵魂在至福的天穹之下,
肉体则在影子中悠然自得。
讥笑尚未停止,眼泪在流淌,
书桌上的墨点还不曾抹去——
唯一的、诀别的、永志不忘的吻,
如同心脏的一个印记,……
可是,它并没有持续很久……
头顶已不是天穹,而是
偏僻的郊区一座幽静的小屋,
屋里,冬天寒冷,夏季炎热,
到处趴伏着蜘蛛与灰尘,
那些火热的情书正在腐烂,
墙上的肖像画也悄悄起着变化,
那么多人去过墓地,
回来后用肥皂清洗双手,
拭去疲倦的世纪正在
流淌的泪滴——发出沉重的叹息……
但钟表滴答地响着,春天
逐一更替,天空呈现玫瑰红,

城市的名称不断变换，

已经没有事件的见证人，

没有人一起哭泣，没有人共同回忆。

影子也在缓慢地离开我们，

它们已不被我们所召唤，

它们的返回令我们感到更加恐怖。

既然已经苏醒，我们就会发现，

我们甚至忘掉了通向幽静小屋的道路，

因为耻辱和愤怒而窒息，

我们奔向那里，但（梦中经常发生）

那里的一切变了样：人，物，墙壁，

没有人认识我们——我们成了陌生客。

我们回不到那里……我的上帝啊！

最为悲惨的事情就这样发生：

我们意识到：不能把往事

纳入我们生活的界域。

对于我们，它几乎是格格不入，

就像我们同一个单元的邻居，

那些死者，我们还是不认识为好，

而那些被上帝判定与我们分离的人，

没有我们也过得很好——甚至

更好……

1943—1953

野蔷薇开花

（摘自焚毁的笔记本）

And thou art distant in humanity.

Keats[*]

取代了节日的贺词，

这股风，凛冽而干燥，

带给你们的只是腐烂的气息，

烟雾和诗歌呛人的味道，

它们都是我一手制造。

1961. 12. 24

---

[*] 英语：你也远离了人类。——济慈

1．焚毁的笔记本

你那个诸事顺心的妹妹，

在书架上展示着醒目的美，

而你头顶是一群星星的碎片，

你的脚下是篝火残留的木炭。

你热切地祈祷，你渴望着生活，

你是多么地害怕呛人的火焰！

但突然你的身体开始颤抖，

而声音一边飘飞，一边诅咒我。

所有的松树开始发出窸窣的声响，

倒映在月光洒落的湖水深处。

而在篝火四周，神圣无比的春天

跳起了坟墓之上的轮环舞。

1961

2. 非梦

哦，走开，时间！哦，走开，空间！

透过白夜，我已看清了一切：

看见了你桌上水晶花瓶中的水仙花，

雪茄上冒出的一缕蓝烟，

还有那仿佛在纯净水中的镜子，

你适时就可以照见自己。

哦，走开，时间！哦，走开，空间！……

但是，你也不能给我以任何帮助。

1946. 6. 13

3. 在梦中

我和你同样地面临

黑色的、持久的别离。

你为什么哭泣？最好向我伸出手，

答应我再一次进入梦中。

我与你远隔，恰似山峰与山峰，

我和你在尘世已不可能相会。

但愿你在子夜时分

透过星星向我送来问候。

1946. 2. 18

4. 第一支短歌

神秘的未见

庆典的空寂,

未说出的话语,

沉默的语词。

不曾交接的目光

不知道何处可以容身。

唯独眼泪为此高兴,

它们可以长久地流淌。

莫斯科郊外的野蔷薇,

呜呼!居然是这样……

而所有人都将它

叫作不朽的爱情。

1956

5. 另一支短歌

　　未曾说出的话语
　　我不再重复,
　　但为了纪念那未婚,
　　我种植野蔷薇。

我们相会的奇迹
在那里闪光、歌唱,
我不再愿意返回,
哪儿都不去。
幸福取代了义务,
成了我痛苦的乐趣,
我和他无聊地闲扯,
闲扯了很长时间。
随他们去扼杀恋人的激情,
期待着答复,
亲爱的,我们不过是
世界边缘的灵魂。

1956

6. 梦

> 做非人间的梦是否甜蜜？
>
> ——亚·勃洛克

这个梦预言着不祥，抑或并非如此……
火星在天庭的星辰中光芒四射，
它变得鲜红、明亮和凶险，——
而在那个夜晚，我梦见你的莅临。

他无所不在……在巴赫的恰空*舞曲中，
在徒然开放的玫瑰花丛中，
在乡村钟楼的齐声撞响中，
在被开垦后的黑土地上空。

也在秋天里。这秋天接踵而至，
随后，又突然放弃，再一次藏匿不见。
哦，我的八月，你怎能把那样的消息
交给我作为恐怖的周年纪念！

---

* 恰空，十七世纪欧洲非常流行的一种三拍子舞曲，起源于墨西哥。巴赫后来对它进行了改良和丰富，使风格变得更加庄重。

我拿什么来回报这皇家的礼品?

到何处去?与谁一起庆祝?

一如往昔,我不加涂改地

在焚毁的笔记本上写下我的诗歌。

                              1956. 8. 14

7

在这条道路上,顿斯科依[*]

曾经统领过一支伟大的军队,

那里的风并没有忘记仇敌,

那里的月亮澄黄,长有犄角,——

我行走其上,如同在大海深处……

野蔷薇是如此的芬芳,

甚至会转化成一个单词,

我已经作好了准备,

去迎接我命运的九级巨浪。

---

[*] 德米特里·伊万诺维奇·顿斯科依(1350—1389),莫斯科大公,曾指挥俄罗斯历史上著名的库利科沃战役。

8

你虚构了我。并不存在那样的女人,

那样的女人在世间也不可能存在。

医生都不能治愈我,诗人也不能为我解忧,——

我和你在不可思议的年代相遇,

那时,世界的力量已经消耗殆尽,

一切在丧期,一切因为坏天气而萎靡,

清新的唯有一座座坟墓。

没有路灯,涅瓦河的堤岸漆黑如松油,

阴沉的夜在墙壁周围伫立……

就在那时,我热切地呼唤你!

我干了什么——我本人一无所知。

而你踩着秋天悲伤的脚步,

来到我身边,仿佛有星星在引导,

走进那间被永远摧毁成废墟的房屋,

一束焚毁的诗稿从屋里向外飞飘。

1956.8.18 斯达尔基

9. 在打碎的镜子中

在繁星满天的夜晚,
我倾听不可挽回的话语,
我因此晕头转向,
仿佛在灼烫的深渊之上。
毁灭在门口哀号,
黑色花园凄啼,如同鸱鸮,
城市致命地虚弱,
成了远古的特洛伊。
那时它不可忍受地灿烂,
仿佛响亮到令人流泪。
你赠予我的并非这件礼物,
它运自遥远的地方
在令你感到灼热的黄昏,
它似乎是无聊的消遣。
它成了一种慢性的毒药,
在我神秘莫测的命运。
它是我一切灾厄的先驱,——
我们再也不会将它回忆!……
未曾举行的会晤
依然还在墙角下恸哭。

1956

10

> 你又和我在一起，秋天女友！
>
> ——英·安年斯基

让那个人还在南方休假吧，

在天堂花园享受温柔。

这里已经相当北方——就在这一年，

我选中了秋天作为女友。

我活着，如同住在我所梦见的陌生屋子，

或许，我就在那里死去，

那里，镜子在黄昏的慵懒中

为自己保存了某种奇怪的东西。

我行走在敦实的黑色云杉林，

那里帚石南与风儿相似，

月亮浑浊的碎片还在闪亮，

如同一柄有齿形豁口的旧刀。

我把美好记忆带到此地，

与你最后一次幽会的回忆——

我战胜了命运引燃的

冰凉、纯洁而轻盈的火焰。

1956 科马罗沃

11

> 我违背了你的意愿,女王,
> 离开了海岸。
>
> ——《伊尼德》* 第六歌

你不要害怕——而今我所描绘的
仍然与我们非常相像。
你是幽灵——或者是过路人,
不知怎么地我守护着你的影子。

你作为我的埃涅阿斯为时很短,——
那时,我借助篝火得以逃脱。
我们能够相互保持着沉默。
你也忘掉了我可诅咒的房屋。

你忘掉了穿过火苗伸出的双手,
它们在惊骇和痛苦中,
忘掉了关于该死的希望之消息。

---

* 古罗马诗人维吉尔(公元前 70 年—公元前 19 年)的长诗。后文中的埃涅阿斯系诗中的主人公。

你并不知道是什么把你原谅……

罗马已建成,庞大的舰队已开拔,

谄媚的话语夸张地歌颂着胜利。

1962.7 科马罗沃

12

你直率地向我索要诗歌……
没有诗歌你也依然马虎地活着。
但愿你血液中丝毫不曾留下痕迹,
没有渗入诗歌的苦涩。

我们点燃无法实现的生活
那些金色、华美的时光,
夜火不曾向我们低声诉说
关于天上故国的相会。

从我们壮观的辉煌中,
流淌出波涛一样的凉意,
仿佛我们在某个秘密的墓室中,
颤栗一下,读到了某个名字。

难以想象这遥遥无期的离别,
倒不如在那时———一击便毙命……
或许,在这个世界上,再没有人
比我们经历过更痛苦的离别。

1963 莫斯科

13

对于大众而言,这

犹如维斯巴西安*的时代,

而在过去——它仅是一个伤口

和它头顶的一朵痛苦的云彩。

       1964.12.18 夜 罗马

---

* 维斯巴西安(9—79),古罗马皇帝,弗拉维王朝的奠基人。相传,公元 72 年,为了庆祝对耶路撒冷的胜利,维斯巴西安下令建造罗马历史上最宏伟的圆形剧场。该剧场是一个集斗兽、赛马、竞技、阅兵、歌舞等为一体的建筑。

子 夜 诗

（组诗七首）

> 唯有镜子梦见镜子，
>
> 寂静守护着寂静……
>
> ——《硬币背面》

代献辞

我在波浪上漫游，在森林中藏匿，
在纯净珐琅上呈现绰约的身影，
或许，我还能承受离别的痛苦，
但与你的相见——似乎有点勉强。

1963. 夏

1. 暮冬的哀歌

…toi qui m′as consolee.

Gerard de Nerval[*]

暴风雪在松林中平息下来，

但即使没有酒也酩酊大醉，

那里，寂静如同奥菲丽亚，

整夜都在为我们歌唱。

但一个唯独向我显身的人，

被寂静围箍得密不可分，

道别以后，他慷慨地留下来，

他至死也要与我待在一起。

1963.3.10 科马罗沃

---

[*] 法语：你就是那个安慰我的人。——吉拉德·德·内瓦尔

2. 初次警告

实际对于我们又算得什么,

一切都将成为过眼云烟,

我曾面临多少深渊而歌唱,

我曾在多少镜子里生活。

尽管我不是梦幻,不是愉悦,

更谈不上是天赐的福祉,

但或许,比所需的更为频繁,

你不得不时常地回忆——

逐渐沉静下来的诗句的轰响,

回忆那只眼睛,它的底层

隐匿着赤褐色的小荆冠,

在自身惊惶不安的寂静。

1963.6.6 莫斯科

3. 在镜子背面

O quae beatam, Diva,

Tenes Cyprum et Memphin⋯

Hor.*

美人儿非常年轻，

但她并非来自我们的世纪，

我不能与她同在——还有第三者，

从来都不会把我们单独留下。

你把沙发椅向她移近，

我慷慨地与她分享鲜花⋯⋯

我们不知道自己在做些什么，

但每一瞬间都令我们更为恐惧。

我们就像刑满出狱的人，

相互了解对方一些可怕的

事情。我们在地狱的圈子内，

而或许，这也并不是我们。

1963.7.5 科马罗沃

---

* 拉丁语：哦，女神，你主宰着幸福岛塞浦路斯与墨菲斯⋯⋯——贺拉斯。

4. 十三行诗

你终于发声说话了，

但并不像那些人……单膝跪在地上——

而是像一名挣脱逃出的俘虏，

透过不由自主的泪水之虹，

看到白桦树神圣的荫覆。

寂静在你的周围吟唱，

纯洁的太阳照亮了黑暗，

顷刻间，世界自己换了新颜，

酒味也奇怪地发生变化。

甚至我，也成了刽子手，

准备去扼杀上帝的语言，

近乎虔敬地默不作声，

为的是延长至福的生命。

1963.8.8—12

5. 召 唤

我将小心翼翼地

将你藏进某一支奏鸣曲。

哦！你的呼唤多令人不安，

这是无可挽救的错误：

你就那么靠近了我，

哪怕只是一瞬间……

你的理想——是消隐，

其中死亡不过是寂静的牺牲品。

1963.7.1

6. 夜 访

　　所有人走了，但谁也不曾回来。

你不会在落叶遍布的沥青路上
　　长久地等待。
我和你在维瓦尔第的柔板中
　　再一次相逢。
蜡烛也重新变得昏黄黯淡，
　　为梦幻所迷惑。
但琴弓不会探询，你怎么走进
　　我子夜的屋子。
这半个钟点的时间慢慢流失
　　在死一般哑默的呻吟中。
你在我的手掌心读到了
　　罕见的奇迹。
那时，已经成为命运的你的不安
　　就会引领你，
把你带离我的门槛，
　　走向冰凉的波涛。

　　　　　　　　　　　1963. 9. 10—13

7. 最后的诗

它在我们头顶，如同海洋上空的星星，

用光线追寻致命的九级巨浪，

你把它叫作灾难和痛苦，

却从来没有一次称作快乐。

白天燕子似的盘旋在我们面前，

微笑在唇间尽情绽放，

而到了夜晚，马上就用冰凉的手

扼杀我俩。无论在哪一座城市。

它不再谛听任何甜蜜的话语，

已经忘掉过去所有的罪孽，

贴近了彻夜失眠者的床头，

低声絮叨那些天地不容的诗歌。

1963.7.23—25

代后记

而在人们编织幻梦的地方,
各种幻梦都不能满足我俩,
我们曾有一梦,但力量
蕴含其中,犹如春天的莅临。

1965

安 魂 曲

（1935—1940）

不，不是在异国的天空下，
也不是在陌生的翅膀下，——
彼时彼地，我和人民在一起，
和遭遇不幸的人民在一起。

1961

代 序

在叶若夫主义肆虐的恐怖年代,我在列宁格勒的探监队列中度过了十七个月。某一次,有人"认出"了我。当时,一个站在我身后的女人,嘴唇发青,当然从来没听说过我的名字,她从我们都已习惯了的那种麻木状态中苏醒过来,凑近我的耳朵(那里所有人都是低声说话的)问道:

"喂,您能描写这儿的场景吗?"

我就说道:

"能。"

于是,一种曾经有过的笑意,掠过了她的脸。

1957.4 列宁格勒

献　辞

面对这种痛苦，高山弯腰，

大河也不再奔流，

但监狱的大门紧闭，

而背后是"苦役犯的洞穴"

和致命的忧悒。

清新的风儿为某人吹拂，

夕阳正给某人以温柔——

我们不知道，到处是同样的遭际，

听到的只是钥匙可厌的嘎吱响，

以及士兵沉重的脚步声。

我们动身，仿佛赶去做晨祷，

走过满目荒凉的首都，

在那里见面，比死人更缺乏生气，

太阳更压抑，涅瓦河更迷蒙，

但希望依然在远方歌唱。

一纸判决……眼泪顷刻间迸涌而出，

我从此便与世隔绝，

仿佛心头忍痛被掏除了生命，

仿佛被粗暴地打翻在地，

但还得走……踉跄着……独自一人……

我凶险的两年里结识的女友们,

失去自由的你们,如今在哪里?

在西伯利亚的暴风雪中梦见了什么?

在月亮的光环中又窥见了什么?

我向她们送上最后的问候。

1940.3

序　曲

事情发生的时候,唯有死人

在微笑,他为彻底的安宁而高兴。

列宁格勒像一个多余的尾巴,

围绕着自己的监狱摆动。

那时,走来已获审判的一群,

由于痛苦而变得痴呆,

火车拉响了汽笛,

唱起短促的离别之歌。

死亡之星在我们头顶高悬,

在血迹斑斑的大皮靴下,

在玛鲁夏黑色囚车的车轮下,

无辜的罗斯不住地痉挛。

I

黎明时分,你被带走,

我跟在你身后,仿佛在出殡,

孩子们在黑色小屋里哭泣,

神龛旁的蜡烛在流淌。

你的嘴角是圣像的冷漠,

额头是死亡的汗液……不能忘记!

我要效仿火枪手们的妻子,

到克里姆林宫的塔楼下悲号。

1935. 秋 莫斯科

II

静静的顿河静静地流淌,

澄黄的月亮走进了屋子。

歪戴着帽子走进来,

澄黄的月亮见到了一个影子。

这是一个病恹恹的女人,

这是一个孤苦伶仃的女人,

丈夫进坟墓,儿子入监狱,

请为我做一做祈祷吧!

III

不，这不是我，这是另外一个在受难。
我再也不能苦撑下去，而发生的一切，
让他们用黑色的帷幕遮掩吧，
干脆把路灯也移走吧……
　　　　　　夜。

IV

你受尽了朋友的宠爱，

皇村学校快乐的违规者，

愤世嫉俗的人，我要告诉你，

你生活里发生的一切——

探监的行列，你是第三百号，

站在"十字架"监狱的大门口，

你流下自己滚烫的泪水，

去烧穿那新年的坚冰。

监狱的白杨在那里摇晃，

阒无声息——可是，有多少

无辜的生命在那里终结……

V

我大声呼喊了十七个月,

为的是让你能回家,

我扑倒在刽子手的脚下,

你是我的儿子,我的劫数。

一切都已永远混淆不清,

如今,我也不再能够分辨,

究竟谁是野兽,究竟谁是人,

等待刑罚还要多久。

唯有华贵的鲜花,

香炉的声响,通向虚无的

某些个蛛丝马迹。

一颗巨大的星星

直愣愣地看着我的眼睛,

用逼近的毁灭威胁我。

VI

一周又一周轻轻地飞走,
没等我弄明白发生什么事。
好儿子,一个又一个白夜
是怎样在张望着这监狱,
它们是怎样再一次望着你,
瞪大了猫头鹰火热的眼睛,
怎样在谈论你的死亡,
谈论你高竖的十字架。

1939

Ⅶ 判决

哦,石头一样的判决词,

落在我苟延残喘的胸口。

没关系,我早已做好了准备,

不论怎样我都能够承受。

今天,我有很多事情要办:

我要连根拔除记忆,

我要让心变作石头,

我要重新学习生活。

哦,不是那样……夏季灼热的簌簌声,

仿佛我的窗外有一个节日。

很久以前,我已经预感到

这晴朗的白昼和空荡荡的屋子。

1939. 夏

Ⅷ 致死神

你迟早都要来——何必不趁现在？

我一直在等你——过得很艰难。

我吹灭了蜡烛，为你把门打开，

你是那样的普通又神奇。

装扮成你觉得合适的面目，

像一颗毒气弹似的窜进来，

像老练的盗贼，手拿锤子溜进来，

或者用伤寒症的病菌毒害我。

或者你来编造一个故事，

众人感到滥熟到生厌的故事，——

让我看到蓝色帽子的尖顶

和房管员吓得煞白的脸色。

如今，我都无所谓。叶尼塞河在翻滚，

北极星在闪亮。

我钟爱的那双眼睛的蓝光

遮住了最后的恐惧。

IX

疯狂已经张开翅膀，

罩住了灵魂的一半，

大口灌进火辣的烈酒，

引向黑色的峡谷。

我明白，我应该给它

让出我的胜利，

仔细谛听自己的声音，

仿佛听到的是别人的梦呓。

它什么事都不允许，

什么都不允许我携带

（不论我怎样在乞求，

不论我怎样苦苦地哀告）：

哪怕是儿子可怕的眼睛——

那化石一样的痛苦，

哪怕是风暴来临的那一天，

哪怕是探监会面的时刻，

哪怕是双手可爱的凉意,

哪怕是椴树焦躁的影子,

哪怕是悠远、轻细的声音——

都是最后安慰的话语。

1940.5.4

X　钉上十字架

> 当我入殓的时候，
> 别为我悲恸，母亲。

1

天使们合唱同声赞美伟大的时刻，
天穹在烈火中逐渐熔化。
对父亲说："为什么将我抛弃！"
对母亲说："哦，别为我悲恸……"

2

玛格达琳娜颤栗着悲恸不已，
亲爱的信徒如同一具化石，
母亲默默地站立的地方，
谁也不敢向那里看上一眼。

尾　声

1

我知道一张张脸怎样憔悴，

眼睑下怎样流露惊恐的神色，

痛苦如同远古的楔形文字，

在脸颊上烙刻粗砺的内容，

一绺绺卷发怎样从灰黑

骤然间变成一片银白，

微笑怎样在谦逊的唇间凋落，

惊恐怎样在干笑中颤栗。

我也并非是为自己祈祷，

而是为一起站立的所有人，

无论是严寒，还是七月的流火，

在令人目眩的红墙之下。

2

祭奠的时刻再一次临近，

我看见，我听见，我感到了你们：

那一位，好不容易被带到窗前，

那一位，再也无法踏上故土一步，

那一位，甩了一下美丽的脑袋，

说道："我来到这里，如同回家！"

我多么希望——报上她们的姓名，

但名单已被夺走，更无从探询。

我用偷听到的那些不幸的话语，

为她们编织一幅巨大的幕布。

无论何时何地，我都会追忆她们，

哪怕陷入新的灾难，也决不忘记，

倘若有人要封堵我备受磨难的双唇，

它们曾经为数百万人民而呼喊，

那么，就在我忌辰的前一天，

让她们也以同样的方式来祭奠我。

而未来的某一天，在这个国家，

倘若要为我竖起一座纪念碑，

我可以答应这样隆重的仪典，

但必须恪守一个条件——

不要建造在我出生的海滨：

我和大海最后的纽带已经中断，

也不要在皇家花园隐秘的树墩旁，

那里绝望的影子正在寻找我，

而要在这里，我站立过三百小时的地方，

大门始终向我紧闭的地方。

因为，我惧怕安详的死亡，

那样会忘却黑色玛鲁斯的轰鸣，

那样会忘却可厌的房门的抽泣，

老妇人像受伤的野兽似的悲嗥。

让青铜塑像那僵凝的眼睑
流出眼泪,如同消融的雪水,
让监狱的鸽子在远处咕咕叫,
让海船沿着涅瓦河平静地行驶。

1940.3 喷泉屋

没有主人公的叙事诗

（三联诗*）

Deus conservat omnia.**

（喷泉屋徽标上的题铭）

代 前 言

其他人皆已不在，那些人又在更远的……

——普希金

她第一次来喷泉屋拜访我是在一九四〇年十二月二十七日深夜，还在秋天，她就给我送来过一个小片段（《你从虚无的地方来到俄罗斯》）作为信使。

我不曾呼唤过她。我甚至不曾等待过她，在我最后的列宁格勒之冬的那个寒冷而阴郁的日子。

在她莅临之前，发生过几件微不足道的小事，我不敢称它们为事件。

---

*　原文意为三折画，此处意为"围绕同一主题的三首诗"。
**　拉丁文：上帝护佑一切。

那一晚，我写下了第一部（《一九一三》）中的两小节和《献辞》。一月初，出乎我自己意料，我写出了《硬币的背面》，而在塔什干（分两次）写出了作为第三部的《尾声》，还对前两部进行了重要的增补。

我以这首诗来纪念它的第一批听众——牺牲于列宁格勒被围困期间的朋友们和同胞们。

每当我朗诵这首诗时，我会听到他们的声音，会回忆起他们，对我来说，这个秘密的合唱团已成了这部作品的一个佐证。

1943.4.8 塔什干

我经常听到一些关于《没有主人公的叙事诗》的歪曲的、荒谬的解读。甚至还有人建议我把这首诗写得更明白一些。

我拒绝这么做。

这首诗并不包含第三种、第七种和第二十九种含义。

我既不会修改它，也不会做任何解释。

"我所写下的——就是我所写下的。"

1944.11 列宁格勒

献 辞

致弗·克*

……
因为我的纸张已经不够，
我就在你的草稿本上书写。
陌生的单词隐约渗露，
就像那时掌心的一片雪花，
轻信地、无辜地融化。
而安吉诺依的黑眉毛
突然扬起——就升起绿色的烟，
故乡的微风徐徐飘拂……
莫非不是海洋？
　　不，这仅仅是坟墓上的
针叶丛，在漂浮的海沫上
越来越近，越近……
　　　　　　Marche funebre**……
　　　　　　　肖邦……

　　　　　　　　　　1940.12.27 夜 喷泉屋

---

*　弗·克尼雅泽夫（1891—1913），俄罗斯诗人。
**　法语：哀乐。

第二献辞

致奥·苏[*]

是你吗,波塔尼采·普绪刻[**]?
  展开如一把黑白色的扇子,
    在我头顶俯下身来,
你想要悄悄地告诉我:
  你已经渡过了忘川,
    呼吸着另一个春天。
不要再对我口授,我自己在听:
  温暖的大雨抵住了屋顶,
    我听见常春藤里的絮语。
有个小东西计划着生活,
  泛绿,蓬松,明天努力地
  披上新风衣闪烁光彩。
我入睡——
    它独自在我头顶上空,——
  人们所谓的春天,

---

[*] 即苏杰伊金娜。
[**] 尤里·别利亚耶夫(1876—1917)的剧本《波塔尼采·普绪刻》中的女主人公。该角色由苏杰伊金娜扮演。

　　　　我却称之为孤独。

我入睡——

　　　梦见了我们的青春，

　他品尝过的那一只苦杯，

　　　我醒来后就交给你，

如果你愿意，就将它留作纪念，

　　仿佛黏土里纯洁的火焰

　　　　或者坟头绽放的雪花莲。

1945. 5. 25 喷泉屋

第三即最后的献辞

（LE JOUR DES ROIS*）

> 有一次，在洗礼节的晚会……
> ——茹科夫斯基

我不再为惊恐而让心跳停止，
  最好是呼喊巴赫的恰空舞曲。
    然后跟随这曲子出现一个人……
他不会成为我亲爱的丈夫，
  但我和他都将赢得
    二十世纪为之羞愧的事物。
我纯属偶然接受了他，
  为他被赋予的秘密，
    他命中注定的最大痛苦。
在一个雾蒙蒙的深夜，
  他到喷泉宫来找我，
    错失了新年的美酒。
他将记得洗礼节的晚会，
  窗口的槭树，婚礼的蜡烛

---

* 法语：洗礼节前夕。

和叙事诗致命的飞行……
但他带来的不是初绽的丁香枝,
　　不是戒指,不是祈祷的甜蜜,
　　　而是带给我毁灭。

1956. 1. 5

序　曲

我来自一九四〇年，

　　仿佛从塔楼上俯瞰一切。

　　　　仿佛是再度告别

　　　　　　那些早已告别了的事物，

　　　　　　　　仿佛再度接受了洗礼，

　　　　　　　　　　走进黑黢黢的穹顶。

1941.8.25 受困的列宁格勒

第 一 联

（一九一三年　彼得堡故事）

第 一 章

> Di rider finiral
> Pria dell aurora.
>
> Don Giovanni[*]

> 新年狂欢奢华地持续着，
> 湿漉漉的新年玫瑰枝。
> ——安·阿赫玛托娃

> 我们无法卜测达吉雅娜……
> ——普希金

新年晚会。喷泉屋。走向作者的，不是人们所期待的，而是来自一九一三年的、身穿化装舞会衣衫的一群影子。白色的玻璃大厅。抒情插曲——《来自未来的嘉宾》。化装舞会。诗人。幽灵。

---

[*] 意大利语：在黎明之前让笑容停止。——唐璜

我点燃了神圣的蜡烛，

  为的是照亮这个晚会，

    与不曾来到我身旁的你一起

      去迎接一九四一年。

可是……

  上帝的神力与我们同在！

    火焰在水晶杯中沉没，

      "而美酒如同毒汁把人灼伤[*]"。

这是残酷谈话的飞沫，

  当大家使梦呓复活的时候，

    座钟依然不曾转动……

我的惊恐没有限度，

  我本人就像门旁的影子，

    守护最后的安适。

我还听到悠长的钟声，

  感到了湿漉漉的寒意，

    石化、僵硬、冻得通红……

我似乎想起点什么，

  微微欠转身子，

    压低嗓音说道：

---

[*] "为什么我的手指仿佛浸泡在血液中，而美酒如同毒汁把人灼伤？"（《新年叙事谣》，1923 年）——作者原注

"你们错了；总督的威尼斯——

　　就在附近……但今天

　　　　你们必须在前厅抛下

面具、斗篷、权杖和冠冕。

　　现在我突发奇想要赞美你们，

　　　　新年的捣蛋鬼！"

这个扮浮士德，那个扮唐璜，

　　扮达别尔多托，扮约翰，

　　　　最谦逊的扮演北方的格兰，

　　　　　　或者刽子手多里安，

　　　　　　　　每人都向自己的狄安娜

　　　　　　　　　　低诵烂熟的台词。

墙壁为他们裂开缝隙，

　　灯火闪亮，鸣笛长啸，

　　　　天花板像穹顶似的隆起。

我并不是惧怕大事声张……

　　哈姆莱特的吊袜带算什么，

　　　　莎乐美的舞蹈又算什么，

　　　　　　铁面人的步伐又算什么，

　　　　　　　　我比他们更加坚硬……

轮到谁来感受恐慌，

　　退避，躲开，屈服，

　　　　祈求赦免早先的罪孽？

　　　　　一切很清楚。

不是我，那又是谁？

　　这里的晚餐并非为他们预备，

　　　　也不是他们与我一路同行。

尾巴藏进燕尾服的后襟……

　　他瘸着腿，体态优雅……

　　　　　　　可是，

　　　　我能否希望，你们不至于

　　　　　　把黑暗女王带到此地？

这是面具，颅骨，面颊，——

　　还是悲伤之痛苦的表情。

　　　　只有戈雅才能够描述。

公众的骄子和讥讽者——

　　　在他面前，臭名昭著的罪犯——

　　　　也是至善的化身。

快乐——那就快乐起来吧，

　　只是究竟怎么一回事，

　　　　其中竟然只有我一人活着？

明天早晨我将被唤醒，

　　不再有人指摘我，

　　　　而窗外的一片蔚蓝

　　　　　　也将对我露出笑容。

但我感到恐惧：我将走进去，
  并不摘除镶有花边的头巾，
    含笑面对众人，然后沉默。
那个人，在抵达约萨法达山谷之前
  那个佩戴黑色
    玛瑙项链的人，
      我可不想再见到她……
难道最后的期限已经临近？
  我已忘掉你们的教训，
    夸夸其谈的人，冒牌的先知！
      但你们似乎不曾忘记我。
正如未来成熟于消逝的过去，
  过去也在未来中逐渐腐烂——
    这就是一片枯叶恐怖的节日。

  那些已不在人世者，他们
  踩在木地板上的脚步声，
  雪茄冒起的一股蓝烟。
  一个不曾出现的人，
  他不可能进入这个大厅。
  他不比别人好也不比别人差，
  但他并不挥发忘川的酷寒，
  他的手中有一团暖意。

　　　　出自未来的客人!
　　　　　难道他从桥头左转弯,
　　　　　　真的来找我?

我从小就惧怕化装舞会的蒙面人,
　　不知怎么我总是觉得,
　　　　一个多余的影子混迹于
"没有面孔,也没有名字"的
　　　　他们之中……
　　　　　　　在新年这庄重的日子,
　　　　　我们开始聚会!
我不会满世界去张扬
　　　子夜霍夫曼式的荒诞,
　　　　　　如果去向别人请求……
　　　　　　　　　　停一下,
你似乎没有在名单上,
　　混迹于卡利奥斯特罗、麻葛和丽奇斯卡们,
　　　化身成条形的路标,
涂抹得斑斓而粗糙——
　　你……
　　　　　玛姆夫里橡树的同龄人,
　　　　　　月亮亘古以来的对话者。
装佯的呻吟骗不了什么,

你书写铁样的法律，
　　　汉谟拉比、利库尔格和梭伦们
　　　　　都应该向你学习。
这个生物有乖戾的性情。
　　他不曾料到痛风和荣誉
　　　　一下子将他塞进
　　　　　　华丽的纪念性安乐椅，
　　　　　　　　而把庆典的喜悦带到沙漠，
　　　　　　　　　带给盛开的帚石南。
他没有任何过失：无论在这方面，
　　无论在那方面，还是其他方面……
　　　　　　　　　　　　诗人们
　　　通常也不会被粘上罪孽。
面对神圣的方舟，或者翩然起舞，
　　或者杳然失踪！……
　　　　　　哪有怎么样！关于这个
　　他们的诗行叙述得更好。
我们只有在梦中才能听到鸡鸣，
　　窗外的涅瓦河雾霭密布，
　　　　夜无底，漫漫无边——
　　　　　　彼得堡的魔怪……
黑黢黢的天空不见一丝星光，
　　显然，这里某处正发生着毁灭，

　　　　但化装舞会无聊的废话

　　　　　　　却如此散漫、猥亵和无耻。

喊声：

　　"主人公亮相！"

　　不要激动：他马上就上场

　　　　替代那个瘦高个儿，

　　　　　　高唱神圣的复仇歌……

你们为什么一起开溜？

　　　仿佛每人都找到了未婚妻，

　　　　　把我孤零零地抛下，

留在黑框笼罩的幽暗里，

　　　黑框中显露的正是

　　　　　已经成为痛苦的悲剧

　　　　　　　却不曾有人为之悲悼的时刻。

这一切不会马上就降临，

就像一个音乐的乐句，

我听到一声低语：别了！时辰已到！

我留下你一人活着，

可你将成为我的寡妇，

你——小鸽子，太阳，妹妹！

台阶上两个融为一体的影子……

后面——平坦的一层层梯级，

哭号声:"不要!"而自远方传来

　一个纯粹的声音:

　　　　"我已准备去死。"

火炬熄灭,天花板徐徐落下。白色(玻璃的)大厅重新变成作者的房间。出自黑暗的话语:

没有死亡——这一点大家都清楚,

　　对它已经倦于再去谈论,

　　　　可究竟有什么——请他们告诉我。

谁在敲门?

　　　　大家已经都入场了。

　　这是镜中的客人?还是

　　　　窗口突然闪现的那个……

莫非是新月的玩笑,

　　或者是某个人站在

　　　　壁炉和橱柜之间?

额头苍白,眼睛睁开……

　　这意味着,墓石易碎,

　　　　这意味着,花岗岩比蜂蜡更软……

胡扯,胡扯,胡扯!——因为这样的胡扯

　　我的头发迅疾变灰白

　　　　或者完全变成另外一个人。

你为什么挥手招引我?

为了片刻的安宁,

我献出死后的静谧。

经过平台

（间奏曲）

这个地方的某处（"……但化装舞会无聊的废话却如此散漫、猥亵和无耻……"）还有那些诗行在徘徊，但我没有将它们放进正文：

"我相信，这并不新鲜……

　　您是个孩子，卡萨诺瓦先生……"

　　　"在伊萨克广场，六点整……"

"无论如何我们都要在黑暗中行走，

　　我们从这里去'野狗'酒吧……"

　　"您从这里去哪？"

　　　　　"天晓得！"

桑丘·潘沙们和堂·吉诃德们，

　　呜呼，索多玛的路德们

　　　都在品尝着致命的果汁。

阿佛洛狄忒们从泡沫中现形，

　　海伦们在玻璃杯中浮动，

　　　疯狂的时辰正在临近。

爱情的嗜睡症

　　在喷泉穴中呻吟，

某个黄发蓬乱的人

　　　　从穴中拽出一个山羊腿女人

　　　　　　经过幽幻的大门。

她装扮华丽，风华绝代，

　　尽管耳不能听，眼不能观——

　　　　她不诅咒、不祷告，也不喘气，

　　　　　　一颗 madame de Lamballe[*] 的头颅，

却是温良贤淑的美人，

　　你，为什么跳起山羊的切特卡舞？

　　　　并且又在慵懒而柔顺地絮语：

　　　　　　"Que me veut mon Prince Carnaval？^{**}"

　　与此同时，在大厅、舞台、地狱的深处，或者在歌德的布罗肯山的峰顶，她（或许是她的影子）现身了：

靴子踩踏如马蹄响，

　　耳环晃动似铃铛，

　　　　灰白的卷发里伸凶恶的犄角，

　　　　　　沉醉于罪孽深重的舞蹈，——

仿佛冲出黑纹的花瓶，

---

　　*　法语：德·拉姆巴勒夫人。
　　**　法语：我的卡尔纳瓦王子，你想要我什么？

奔向湛蓝的海浪，

　　　如此隆重地裸露身躯。

在她身后，穿着军大衣，戴着钢盔，

　　你，不戴面具走进这里，

　　　　你，远古童话的伊万诺什卡，

　　　　　　你今天忍受怎样的痛苦？

每个单词包含了多少苦痛，

　　你的爱情蕴藏多少黑暗，

　　　　而为什么这一股热血

　　　　　　会刺痛你脸颊的花瓣？

第 二 章

> 璀璨的幻影,你比生者
>
> 更加性感,更具肉欲!
>
> ——巴拉丁斯基

女主人公的卧室。烛光闪烁。床头的墙上挂着女主人的三张剧照。右边的她——有着山羊腿,中间的——普塔尼察,左边的——幻影像。有人认为是科伦比娜,有人觉得是堂娜·安娜(出自《骑士的步伐》)。在复式阁楼的窗外,一群小黑奴在打雪仗。暴风雪。新年的子夜。普塔尼察苏醒,从画像上走下来,她恍惚觉得一个声音在朗诵:

缎子面的毛皮大衣敞开!

小鸽子*,别对我生气,

我举起这大高脚杯,

惩罚的不是你,而是我自己。

报应反正即将来临——

你是否瞧见,在颗粒状的风雪背后,

---

* 俄语的小鸽子是一个爱称,有"亲爱的"之意。

梅耶荷德的小黑奴

　　　　又在酝酿着新的打闹？

而四周就是古老的彼得城，

　　（正如人们在那时所说）

　　　　磨蚀了人民的腰杆，——

抖动鬃毛，套着轭具，驾着驮面粉的车队，

　　周身涂满月季的淡黄色，

　　　　在乌鸦翅膀的一片黑云下。

马林斯基剧院舞台的上空，

　　Prima*挤出微笑，在飞翔，

　　　　你——我们不可思议的天鹅，

　　　　　　迟到的假绅士说着俏皮话。

乐队的声音仿佛来自另一世界，

　　（某人的影子在某处掠过）

　　　　莫不是传来一长串寒颤，

　　　　　　带来黎明的预感？

又是那个熟悉的声音，

　　仿佛山间雷鸣的回声，——

　　　　我们的荣誉和庆典。

它使心灵充满了颤栗，

　　沿着难以通行的道路，

---

* 英语：女主角。

在哺育过它的国家上空飞翔。

披着微蓝的白雪的树枝……

  彼得堡大学的走廊

    笔直,没有尽头,嘈杂

(什么事都可能发生,

  但如今在那里走过的人,

    将直接进入他的梦境)。

结尾接近到可笑的程度;

  从屏风后露出彼得鲁什卡的面具,

    围着篝火跳起了马车夫的舞蹈,

      宫殿上空飘扬着黑黄色的旗帜……

大家已经各就各位;

  从夏园里传来第五幕的

    动静……对马地狱的幽灵

      随即出现——醉醺醺的水兵在歌唱……

雪橇的滑木发出招摇的响声,

  羊皮盖毯在雪地上拖曳着……

    一群影子掠过!——他孤零零在那里。

墙壁上是他凝固的剪影。

  美人,你忠实的骑士

    是加百列还是靡菲斯特?

恶魔自身露出塔玛拉的笑容,

但在这暧昧、恐怖的面孔上，
　　隐匿着那些个魔法：
近乎变作精神的肉体，
　　耳边的一绺希腊式鬈发，
　　　　这外来者的一切很神秘。
在拥挤不堪的大厅里，莫非是他
　　送来了高脚杯中的黑玫瑰，
　　　　或者这全然是一个梦？
莫非是他怀揣一颗僵死的心，
　　以呆滞的目光遇见骑士，
　　　　潜入那座可诅咒的屋子？
正是他在言语中透露，
　　他曾经生活于新的空间，
　　　　曾经生活于时间之外，——
生活在北极的水晶宫中，
　　在琥珀的熠熠闪光里，
　　　　在忘川——涅瓦河的入口。
你挣出肖像来到这里，
　　而空荡荡的相框
　　　　将在墙上等你到黎明。
如此——你就没了跳舞的舞伴！
　　我本人倒是同意
　　　　担当合唱的一个角色。

（红晕在你的两颊泛起，

你最好返回到画布里，

须知，今天这样的夜晚

需要按照账单支付……

让我克制令人昏迷的嗜睡症，

真是比死亡更难以承受。）

你并非从虚无之乡来到俄罗斯，

  我浅金色头发的天生尤物，

    一九一〇年代的科伦比娜！

你的目光竟然如此惊惶而机敏，

  彼得堡的洋娃娃，女明星，

    你是我双胞胎的妹妹。

这一点也应写进

  其他的扉页。哦，诗人的女友，

    我是你荣誉的继承者。

这里，列宁格勒野性的风

  吹来神奇的音乐节奏，

    在禁伐雪松的阴影下，

      我看见宫廷的枯骨在跳舞。

婚礼的蜡烛在淌油，

  在"亲吻香肩"牌的婚纱下，

教堂高声响起:"亲爱的,来吧!"
四月,巴尔玛紫罗兰遍布的群山——
　　马尔他小教堂的会晤,
　　　　仿佛成了你内心的一个诅咒。
在长期喧嚣的混乱中,
　　世纪的幻象是黄金
　　　　还是黑色的罪孽?
请回答我,哪怕是现在:
　　　　　　　难道
你有过真切的生存,
　　你令人炫目的秀足
　　　　曾经踩踏过平台的木板?
喷泉屋比喜剧团的彩车更加绚烂,
　　风雨剥蚀的小爱神像
　　　　守护着维纳斯的祭坛。
你不曾把善鸣的鸟儿关进囚笼,
　　你把卧室装饰成了凉亭,
　　　　快乐的修理工辨认不出
　　　　　　乡村的邻家女孩。
墙壁挡住了盘旋而上的阶梯,
　　而在神圣的蓝色墙壁上,——
　　　　这宝物一半来自偷盗⋯⋯
你全身裹满鲜花,仿佛波提切利的《春神》,

你招呼所有朋友就寝，
  而龙骑兵皮耶罗经受着煎熬，——
他比你所有的恋人都更崇拜你，
  挂着黄昏祭品的微笑，
    对他而言，你是一块磁石，
他脸色苍白，透过泪水，
  他看着人们给你递上玫瑰，
    他的情敌是多么显赫。
我不曾看见你的丈夫，
  我，紧贴窗玻璃的严寒，——
    他，城堡钟楼的鸣响，……
你不用担心，我不会对房子做记号——
  请迎着我，勇敢地出来吧——
    你的占星图早已测定……

第三章

> 在大桡战船的桅杆下……
> ——阿赫玛托娃

> 我们将在彼得堡重逢,
> 仿佛我们在那里埋葬了太阳。
> ——奥·曼杰什坦姆

> 那是最后的一年……
> ——米·洛津斯基

1913年的彼得堡。抒情插笔:关于皇村的最后回忆。风,不知是回忆还是预言,喃喃自语:

> 篝火烤暖了整个圣诞期间,
> 轿式马车纷纷从桥头落下,
> 整个送葬的城市
> 在目的地不明的情况下,
> 顺着或者逆着涅瓦河漂流,——
> 只是避开了自己的坟墓。

大桅战船的桅杆隐约闪现，

　　夏园里的风向标在尖声歌唱，

　　　　白银的月亮凝立如冰，

　　　　　　灿烂地照耀白银的时代。

沿着所有的道路，

　　朝向所有的门坎，

　　　　影子在缓慢地逼近，

风从墙上撕下了海报，

　　烟雾在屋顶跳起了踢踏舞，

　　　　丁香花散发着墓穴的气息。

被阿芙多季娅皇后诅咒过的城市，

　　陀思妥耶夫斯基和群魔乱舞的城市，

　　　　躲进了自己的雾霭。

一个彼得堡的老游荡汉，

　　再一次从黑暗往外瞧，

　　　　仿佛刑前敲起催命鼓……

永远在寒冷的闷热中，

　　在战前、淫乱和恐怖的闷热里，

　　　　蕴藏着某种未来的喧哗声。

可那时它听来并不响亮，

　　它几乎不能让人感到惊慌，

　　　　就淹没于涅瓦河的雪堆。

仿佛一个人在恐怖之夜的镜中，

失去理智，却又不愿

　　清楚地认识自己。

而在传说般的滨河街，

　　走来了并非按照日历的——

　　　　却是真正的二十世纪。

　　　而今应该赶紧回家，

　　　沿着卡梅隆*设计的回廊，

　　　回到结冰的秘密花园，

　　　那里瀑布已喑哑无声，

　　　九个缪斯看到我都很高兴，

　　　就像你曾经对我一样。

　　　在小岛的那边，在花园的背后，

　　　难道我们昔日明亮的

　　　眼睛不会相互碰触？

　　　难道你不会对我

　　　重新说起战胜死亡的话语，

　　　说出我生命的谜底？

---

*　卡梅隆（1730—1812），俄罗斯著名建筑师，曾参与皇村的建筑设计。

第四章即最后一章

> 爱已成过去，死的
>
> 特征临近，越来越清楚。
>
> Bc.K

玛尔索沃空地。一栋由阿达米尼兄弟建造的十九世纪的建筑。这栋建筑在1942年将遭到直接的轰炸。篝火高蹿。从滴血教堂传来一阵阵钟声。空地上，在暴风雪背后是宫廷舞会的幻影。而在这些声音的缝隙中是寂静自己在说：

> 谁呆立在幽暗的窗旁，
>
> "浅黄鬈发"牵着谁的心，
>
> 他的眼前是一片黑暗？
>
> "帮帮忙，现在还不晚！
>
> 夜，你从来没有如此
>
> 酷寒，如此陌生！"
>
> 风，饱含波罗的海的盐粒，
>
> 暴风雪在玛尔索沃空地举行舞会，
>
> 响起看不见的马蹄声⋯⋯
>
> 此刻有无限的不安，

某人的来日已经不多,
　　　　唯有祈求上帝赐他速死,
　　　　　　并且被人们永远忘记。
他整夜徘徊在窗下,
　　街角的路灯黯淡的光
　　　　无情地向他投去,——
终于等到了。俊美的面具
　　在"大马士革之路"的归途上,
　　　　回家……并非独自一人!
有人陪伴"没有面孔和姓名"的她,……
　　透过篝火歪斜的火苗,
　　　　他看到没有歧义的
离别——大楼轰然倒塌。
　　作为回答的是悲恸的碎片:
　　　　"你——小鸽子,太阳,妹妹!
我留下你一人活着,
　　但你将成为我的寡妇,
　　　　而如今……
　　　　　　　分别的时辰已到!"
广场上弥漫着香水的气味,
　　龙骑兵少尉手握一卷诗歌,
　　　　心中怀着无意义的死亡
按响门铃,如果还有足够的勇气……

他消耗最后一个瞬间

　　　　为的是把你赞美。

　　　　　　你瞧：

不是在可诅咒的玛祖尔沼泽，

　　不是在蓝色的喀尔巴阡山高原……

　　　　他——站到了你门口！

　　　　　　横着身子。

　　　　愿上帝宽恕你！

（多少次，死亡逼近了诗人，

愚蠢的男孩：他竟然选择了这一个，——

他承受不了最初的几次委屈，

他根本不知道，自己站在

怎样的门槛上，他的面前出现的

是怎样的道路的景象……）

这是我——你古老的良心

　　找到了被焚毁的故事，

　　　　把它送到死者的家中

　　　　　　窗台的

　　　　　　　　边沿——

　　　　　　　　　　然后，踮起脚尖离开……

结　语

一切正常：叙事诗静躺着，
沉默不语——它本性如此。
喏，如果突然蹦出一个主题，
就用拳头击打窗户，——
从远方，就会传来一个
恐怖的声音应和这声召唤——
是呼啸，呻吟，时断时续的鹰鸣，
还是双手交叉的幻影？

第 二 联

（硬币的背面）

我啜饮忘川之水，

医生严禁我再度忧闷。

——普希金

In my beginning is my end.

T.S.Eliot[*]

场景——喷泉屋。时间———九四一年一月初。窗户上映现着披满雪花的槭树影子。一九一三年地狱式的滑稽剧刚刚结束，它催生了伟大沉默时代的失声，给每个庆典与葬仪的队伍以相配的无序：火炬的烟雾，满地的残花，永远遗失的神圣纪念品……风在炉子的烟囱里悲号，从中可以猜度隐藏得很深、很巧妙的《安魂曲》的片段。

最好不要去关心在镜子里隐约闪现的幻影。

---

[*] 我的结局寓于我的开始。——T.S.艾略特

>……但丁走过的，连空气
>
>都是空的，茉莉花丛。
>
>——尼·克[*]

1

我的编辑对我非常不满，
对我起誓，他繁忙且多病，
需要为他的电话保密，
抱怨说："那里很快有三个选题！
读完最后一个句子，
也不明白究竟谁爱上谁，

2

谁，何时，为什么相见，
谁死了，谁尚在人世，
谁是作者，谁是主人公，——
今天我们为什么必须
去评判这个诗人
以及一大群不知什么的影子。"

---

[*] 尼·克柳耶夫（1884—1937），俄罗斯白银时代著名农民诗人。

3

我回答说:"他们总共三个人——

主角扮成了里程标,

另一个穿着像恶魔,

为了让声名世代流传,

他们的诗句正竭尽努力,

第三个只活了二十岁,

4

我为他叹惜。"再一次

回到词与词相串,

音箱开始鸣响,

肉眼不见的毒药燃起,

蹿起歪斜、愤怒的火舌,

在裂口的小瓶之上。

5

而一切仿佛在梦中,我

在为什么人写作,

乐声缭绕不已。

须知,梦——只是小玩意儿,

Soft embalmer[*]，一只青鸟，

一道艾尔西诺凉台的胸墙。

6

这地狱的滑稽剧发出的

长嚎远远地传来，

我自己也感到不愉快。

我依然希望，针叶林

穿越暝色，像一团雾霭

飘过白色的大厅。

7

躲不开这斑驳的破家具，

这是老卡利奥斯特罗在胡闹——

他本人是最优雅的撒旦，

谁不曾和我一起为死者哭泣，

谁就不会知道什么是良知，

良知为什么而存在。

8

罗马式夜半的狂欢

---

[*] 英语：温柔的慰藉者。

已烟消云散。天使的歌声

在紧闭的教堂门口颤栗。

没有人来叩击我的门扉,

只有镜子梦见镜子,

只有寂静守卫着寂静。

9

(而"第七"[*]和我在一起,

她奄奄一息,一声不吭,

她的嘴唇合拢又张开,

仿佛悲剧面具的嘴,

可它被涂上一层黑颜色,

塞满了干泥巴。

10

所有人看见,在各个角落,

我徘徊如夜游症患者,

走动在丝质的地毯上……

而数十年过去——

战争,死亡,诞生。您很清楚,

---

[*] 阿赫玛托娃创作的组诗《北方哀歌》原计划为七首,后因故只完成了六首。第七首只完成了初稿,在生前也不曾发表。此处的"第七"指的便是这首哀歌。另一个说法,"第七"指的是肖斯塔科维奇创作的《第七交响曲》,亦即著名的《列宁格勒交响曲》。

我不能——歌唱。

10 a[*]

公民死亡的典仪填塞了

我的喉咙。请相信,

我能见到他们,哪怕黑夜,在梦中。

我被逐出眠床与餐桌

——派胡言!不应该

忍受我遭受的一切。

10 b

请你问一下我的同代人,

女苦役犯,"女流放者",女囚徒,

我们一定会告诉你,

怎样在失忆的恐惧中生活,

怎样为断头台,为刑讯室,

为监狱而抚养孩子。

10 c

咬紧了发青的嘴唇,

来自丘赫洛马城发疯的

赫克柏们与卡桑德拉们,

---

* 此处有的版本标作 10a、10b、10c,意指可替代的第 10 节之异文,但在另外的版本中则标作第 11、12、13 节。

我们以沉默的合唱发出轰鸣,

我们,被耻辱所加冕:

"我们走向地狱那一边。")

11

我是否会在官样的颂歌里沉沦?

不,不,千万不要赠送我

来自死者额头的冠饰。

我更需要的是一把竖琴,

是索福克勒斯的,而非莎士比亚的,

大门口已经站立着——命运。

12

对我而言,那个主题

就像一枝被碾碎的菊花,

在棺木出殡的时候。

朋友们,"记得"与"回忆"之间的

距离,就像卢加河

到制作缎子风帽的国家*。

13

魔鬼在小箱子里乱翻,……

---

* 指意大利。

唉，怎能这么做？

我究竟犯了什么错？

我——最本分，我如此纯朴，

《车前草》《白色的鸟群》……

便是明证……但又怎样，朋友们？

14

你也知道：有人指责剽窃……

难道我比别人犯下更多的过错？

不过，对我反正都一样。

我承认自己的失败，

我不会掩饰自己的窘迫……

锦盒下埋着特洛伊的废墟。

15

然而，我承认，我灌注了

需要显影的密写墨水……

我用反光镜式的语言写作，

没有其他的道路可选择，——

我找到它可算是奇迹，

决不会匆忙地将它扔弃。

16

过去时代的那位使者,

来自秘境的艾尔·戈列柯,

一句话都无须向我解释,

只要一个夏日的微笑就成,

我曾是他的禁区,

超过了七重致命的罪孽。

17

而那个来自未来时代的人,

一个无人知晓的陌生人,

就让他勇敢地睁大了眼睛,

为的是给我,这远飞的影子

送来一捧湿漉漉的丁香,

在这个雷雨大作的时辰。

18

而那个百岁的老魔女*

突然苏醒,希望快活一下。

---

* 原注:指浪漫主义风格的叙事诗。

这跟我没任何关系。

让镶花边的披巾滑落,

从诗行中慵懒地眯缝起眼睛,

用布柳洛夫*式的肩膀诱惑。

19

我饮尽她的每一滴,

而被魔鬼黑色的欲望

所控制,我不知道

怎样摆脱这着魔的状态:

我用星座的豪宅威胁她,

赶上亲爱的顶层阁楼**——

20

赶进曼弗雷德云杉林边的

黑暗,雪莱安息的海岸,

他仰卧着直视天空,——

整个世界所有的云雀

将撕裂太空的深渊,

而乔治***高举着火炬。

---

* 布柳洛夫(1799—1852),俄罗斯画家。
** 原注:按照读者的想象,那是所有诗作诞生的地方。
*** 原注:指拜伦爵士。

21

但是她强硬地反复念叨:

"我不是那位英国夫人,

也根本不是克拉拉·加祖勒*,

除了太阳系和神话系统,

我根本没有什么系谱,

正是七月亲自送我来此。

22

你这模棱两可的荣誉,

在水沟里躺了二十年,

我从不曾如此为你服务,

且让我与你举办一次盛宴,

我以我帝王式的亲吻

奖赏你凶险的子夜。"

1941.1.5 喷泉屋,后在塔什干

---

* 原注:法国作家梅里美的笔名。

第 三 联

尾 声

> 这地方荡然无存……
>
> ——叶甫朵季娅·洛普希娜

> 黎明前绞死无数人的
> 荒漠似的沉默广场。
>
> ——安年斯基

> 我爱你,彼得的杰作。
>
> ——普希金

献给我的城市

一九四二年六月二十四日白夜。城市在一片废墟中。从港湾到斯莫尔尼宫望去清晰如同近在掌心。某些地方经久未熄的大火正在燃尽。在舍列梅捷耶夫花园里,椴树开着鲜花,夜莺正在歌唱。三层楼上一扇窗户(正对着一棵老槭树)的玻璃被击碎了,自外向里望去露出了一个漆黑的空洞。喀琅施塔特那个方向传来了大炮的轰隆声。但是,在总体上却很安静。从七千公里之外传来作者的声音:

就这样，在喷泉屋的屋顶下，

黄昏的慵懒在那里徘徊，

伴随着路灯和一串钥匙，——

我呼应着遥远的回声，

用不合时宜的朗笑

惊扰事物不醒的睡梦，

那不分黎明与黄昏，

一直守望着房间的老槭树，

作为世间一切的见证，

仿佛预感到我们的别离，

向我伸出一只枯干的黑手，

好像是在乞求什么救助。

但是，脚下的大地嗡嗡响，

还有那样一颗星*在俯瞰

我那座尚未被抛弃的屋子，

等待着预约的声响……

这是在塔普鲁克附近的某地，

这是此地的某个角落。

你这美丽谵语的偷听者，

不是第一个，也不是最后一个，

准备怎么报复我？

---

* 1941年夏天的火星。——作者原注。俄语中 Mapc 既指火星，又指战神。

对于涌自深处的苦涩——
关于我们分离的消息，
你并不啜饮，只是稍沾嘴唇。
你不要将手搭在我的颅顶，——
且让时间永远停留
在你赠送的座钟上。
不幸绝不会放过我们，
布谷鸟也不能发出"咕咕"声，
在我们被烧成焦土的树林。

  而在铁蒺藜的后面，
  在茂密的泰加林心脏，
  我不知道是哪一年，
  成为一抔"集中营尘土"，
  成为恐怖往事的一则童话，
  我的孪生子接受审讯。
  然后，他走出审讯室，
  无鼻处女的两个使者，
  被判定守卫他。
  我甚至从这里也能听到——
  难道这不是奇迹！
  自己嗓门发出的声音……

我为自己支付
　　一笔现金，
在左轮手枪下，走了
　　整十年，
我从来不向左看顾，
　　不向右张望，
而我身后，糟糕的荣誉
　　簌簌作响。

……而你，没有成为我的坟墓，
叛乱者，失宠者，亲爱的人，
脸色苍白，呆痴而缄默。
我们的分离只是一种臆想，
我和你不可分割，
我的影子镌刻在你的墙上，
倒映在你的运河里
艾尔米塔什宫中有我的脚步声，
我的朋友曾和我在那里漫步，
在古老的沃尔科夫原野上，
我可以在那里放声痛哭，
祭祷兄弟们的坟墓的静默。
在第一部中描述的一切，
爱情、背叛和欲望

从自由诗行的翅膀上跌落,

而我"被缝裹"的城市屹立着……

沉重的大镇墓石

压住了你无眠的双眼。

我觉得,你就赶在我的身后,

在那里,你被迫牺牲

在旗杆的闪烁和水的反光里。

没有等到所期待的女信使……

在你的上空——是诱惑女

旋转的白夜之轮舞。

而"家"这个快乐的单词——

每个人都已觉得陌生,

大家看到的都是别人的窗口。

有的在塔什干,有的在纽约,

流亡那苦涩的空气——

就像掺杂了毒药的酒。

你们大伙或许曾经欣赏过我:

当我躲进飞鱼的肚子,

摆脱了凶恶的追捕,

在敌人密布的森林上空,

就像那个中了魔法的女郎,

飞向夜茫茫的布罗肯山……

我的面前出现了卡玛河,

河面凝结厚重的坚冰,

有人问道:"Quo vadis？*"

但是我的嘴唇无法嚅动,

就像疯狂的乌拉尔河

盖住了隧道和桥梁。

那条道路向我敞开,

沿着它走去了不少人,

我的儿子也在这路上被带走,

这是一条出殡的大道,

绵延在西伯利亚大地

那庄严的水晶式寂静里。

俄罗斯萦绕着死亡的恐惧,

也明白复仇的日期,

它垂下一双干枯的眼睛,

紧闭嘴唇,在我面前,

从一切已化作灰烬的地方

朝着东方走去**。

---

* 拉丁语:你到哪里去?
** 原注:长诗原先的结尾:
　　而在我的身后,闪耀着秘光,
　　把自己称作"第七",
　　奔向前所未闻的盛宴,
　　化作一本乐谱,
　　著名的列宁格勒圣城
　　返回亲爱的太空。

修订后记

在翻译的道路上，译者就是一个背负巨石的西绪弗斯，他努力攀爬，却永无登顶的可能。或者，我们还可以换一个比喻，那就是竞技场上的跳高运动，无论你如何努力，也无论你怎样提高自己的成绩，在无数次的成功、无数次的超越之后，前面等着你的永远是一个跳不过去的高度。每每想到这一点，我便不由得万分沮丧。因此，每当朋友或采访者提出"你对自己哪一个译本最满意"那样的问题时，我的回答都是"一个都没有"。这不是谦虚，更不是矫情，而是应有的自知之明，一种对自我局限的认定。

此次修订，除了校对以前的译文，对少量的误译和笔误进行订正之外，我又新译了一部分阿赫玛托娃的诗歌，着重点是她的晚期作品。在某种意义上，这个工作是对我自己的艺术趣味的调整。阿赫玛托娃早期的诗歌抒情性非常强烈，她在多数时候就像一名怀春和失意的少女，无所顾忌地歌唱自己失去的爱情，感叹生命的残缺、青春的易逝、世态的炎凉，以及反抗男权中心的压迫。中年以后，阿赫玛托娃的创作在数量上有所减少，这一部分可能与她的生活境遇有关，长期居无定所，主流文学界也不时传来关于她的负面评价，承受着政治和经济的双重压力，一部分精力和能量被无谓地消耗掉了。但是，另一方面，阿赫玛托娃的创作也显露了前所未有的大气、从容、开阔与厚重，体现了那种豪华落尽之后的真淳。可以说，坎坷的经历在带给她生活上的困顿的同时，也剔除了原本容易附着在天才诗人身上的那种浮夸、骄矜之气，对人对事所体现的知天命的通达、睿智和宽容，让人们一次次地体会到她人格与诗格上的一致性。这种转变，仿佛是诗人将一枝温室的玫瑰移到了室外，由此而在旷野上获得了辽阔的生长空间。经过对阿赫玛托娃整个创作的考察，我们发现，阿赫玛托娃后期的作品，其立意似乎都在将美转化成一种善的存在，诗歌或写作成了某种人性探索的道路，与此同时，美作为自由的象征也因此获得了伦理学的支持。

最后，还想说明的一点是，我与责任编辑王蔚就作品的编选还商定了这样一个尝试，先由我根据俄文译出一个选本，再交由他品读，从读者的角度作近乎挑剔的筛选。然后，我们再在此基础上交换意见，对所存留的作品进行审读，最终完成了诗选的编定。我们觉得，这样或许能在一定程度上对个人的趣味、选择作品的主观性有所抑制和纠正，让阿赫玛托娃的作品以更精纯的方式来面对中国的读者。当然，这种做法的效果如何，还需要接受本书读者的最终检验和审定。